KB267735

金正雄 詩集

舊 辭說體를 現代詩로 再照明

미래문화사

미래시선 48

金正雄 詩集

판 소 리

舊 辭說體의 판소리를 現代詩로 再照明

미래문화사
1993

序

　김정웅(金正雄, 號 白夜) 詩人은 高敞高等學校 출신으로 필자의 同門이요, 후배 시인이다. 그리고 필자가 가장 아끼는 우리 詩壇의 중견 시인이기도 하다.

　白夜 시인은 고향을 누구보다도 사랑하고 아끼는 향토 시인이며, 지금까지 많은 애향시를 써왔고, 앞으로도 계속 그러할 것으로 믿어지는 고향이 낳은 자랑스러운 시인이다.

　白夜 시인은 우리나라 원로 시인이며, 高敞이 낳은 高敞의 자랑인 未堂 徐廷柱가 아끼는 시의 제자로, 또 그가 크게 촉망하는 시인이다. 말하자면 未堂 시인의 衣鉢을 이을 시인으로 믿어지는 시인이다.

　白夜의 시는 날이 갈수록 영글어져 詩語 하나하나가 순박하고 정의로운 고창 사람들의 心像과 生活과 傳統을 살아 숨쉬는 그대로를 잘 표상·표출하여 주고 있어, 고향의 향토적 토리를 남김없이 노래하여 주고 있다. 白夜가 이번에 出刊하는 시집의 내용에서도 이를 잘 엿볼 수 있다. 이 책의 목차는 크게 2부로 되어 있다. 제1부는 〈판소리〉이며 제2부는 〈고창의 찬가〉이다.

　제1부 〈판소리〉에서 白夜는 〈판소리〉라는 큰 題 아래 46편의 시를 썼다. 그리고 시집의 이름도 〈판소리〉라 하였다. 제1부 〈판소리〉에서 노래한 내용들은 각양한 시각과 감흥에서 판소리의 본질, 원리, 특성…… 들을 노래로 읊었는데, 마치 桐里 申在孝의 不朽의 名作인 〈廣大歌〉를 연상케 하고 있다.

　뿐만 아니라 판소리 열두 바탕을 小題로 노래하기도 하였다.

춘향가·토끼타령·심청가·흥부가 …… 그리고 農樂·춤·거문고·
북 …… 등등 판소리와 연관되는 많은 우리 전통 음악·무용 등을
노래하고 있어, 말하자면 제1부의 〈판소리〉는 마치 판소리 萬華
鏡을 보는 듯 읽는 이로 하여금 진진한 멋과 맛을 맛보게 하여
주고 있다.
　제2부 〈고창의 찬가〉에 수록한 10편의 시에 관하여 작가는 그
의 후기에서 다음과 같이 말하고 있다.

　…… 신재효 선생이 탄생한 고창은 「판소리」의 중흥지이므로 태생지
의 역사를 알리기 위해서 ……

　그 10편의 작품은 牟陽城·禪雲寺 바람소리·선운사 동백꽃·고
창의 찬가·모양성에 살으리 …… 등등이다.

　白夜는 왕성한 中年期의 시인으로, 지방 문단은 물론 중앙 문
단에서도 많은 활약을 하는 문인일 뿐만 아니라 사회활동에도
크게 공헌하고 있는 줄로 안다. 더욱더 빛나는 시인으로서의 업
적과 사회사업가로서 대성하여 주기를 빌며 序에 대한다.

1993. 8
韓國國立劇場創劇團長 桐里 申在孝 保存研究會長
文學博士 강한영

차 례

판소리 / 김정웅

차 례

판소리 / 김정웅

차 례

판소리 / 김정웅

차 례

판소리 / 김정웅

제1부

판소리

판소리·I

한참 어울려지는
광대의 춤바람

뒤꿈치로 살짝 북소리를 밟는 듯
발가락을 햇살에 치켜 세우며
손끝에 태극선을 흰구름으로 띄워
한쪽 어깨를 휘저으며 지르르 돌아간다.

장단을 울리는 고수는
얼씨구! 동시에 내는 추임새에
바짝 열을 올리는 창 소리와 함께 구성지다.

장단 가락에 맞추어
맺고 푸는 판소리는
민속음악의 보옥이어라.

한시름 잊고 들어 보니
듣는 사람들의 넋을 빼어
판소리의 심기를 관객에게
알알이 맺혀 놓고 있다.

판소리·2

광대가 내는 소리는
창악의 나들이라고 하겠다.

판소리 하면은
누가 뭐라 해도
전라도 고창땅의 「신재효」다.

선생은 1812년 11월 6일 고창에서 태어나
1884년 출생했던 月.日.時에 73세로 운명했다.

40세에 관직을 나와 평소 품었던 기개를 펴내니
이것이 바로 세계의 명작 판소리다.

서양, 유럽에서 부르는 '오페라'는
「세익스피어」의 극작인데
동양, 한국에서 내는 '판소리'는
「신재효」의 대사〔辭說〕이다.

득음, 선천적인 성색, 사설, 예능과
五音, 六律의 묘리를 오장에서 내지르고
자유자재할 수 있는 기량이 있어야 하며
이론 지식과 운영의 실기면이 풍부해야 한다.

사랑과 인권을 소중하게 여겨
독특한 창법으로 노래하는 춘향가.

부도덕한 사회타락과 종교에 회의하여
百本의 孝心을 뿌리깊게 알리는 심청가.

토끼의 지략, 간교한 여우의 우화를 통하여
韓末의 무능 부패를 풍자한 토별가.

타락과 교조적인 유교의 교리와 부익부에 질려
돈타령 신세타령을 들어 사회를 비판하는 밥타령.

혼인의 자율 사상과 改嫁의 당위성
인간의 性의 아름다움을 신성시하는 변강쇠타령.

오랜 전쟁터에서 고귀한 인명이
군령에 죽어가는 병사들의 절규인 적벽가.

그래서
여섯마당을 집대성한 신 오위장*은
영원불후의 대극작가이다.

　＊주 : 신 오위장은 신재효의 벼슬 이름.

판소리·3

이름난 광대들을 모아 놓고
사설과 소리와 너름새로
四大法例 원리에 맞게 교육하여서

「신재효」 문하생은
박만순·김세종·이날치·정창업·김창록·전해종 등
뛰어난 명창들을 배출시켰다.

이 중에서
박만순·이날치·김세종은 이론을 계승한 자요
이론과 실제, 비평의 제1인자들이며
독보적 존재로서 그들을 이겨낼 자가 없다고 한다.

신만엽·김수영·김찬업·김토산 등 東西편의 명창과
女광대의 효시로 「陳彩仙」과 「許錦波」가 나왔으며

그 뒤를 이어 당대의 명창이며 인간문화재인
「김여란」과 「김소희」 등을 배출하였다.

그러므로
고창은 판소리의 聖地요, 메카이며 대본산지이다.

이를 증명하는 것은
　조선조 말엽 궁중의 '御前廣大'를 뽑는 기준의 하나에
　「고창 신재효 문하를 거치지 않고는 어전광대는 될 수 없
다」라는 명언이 남아 있다.

　「신재효」의 自叙歌에서
　「……네 선생이 뉘라시냐, 성관은 평산 申씨, 있을 在, 효
도 孝란 장적의 함자시요, 뜰앞의 벽오동은 壬申生의 동갑이
라 시호는 桐里시니, 너도 공부 하략이면 가끔가끔 찾아오
라.」

　또한 「날개 打令」의 일부에서
　「……멋 알기는 고창의 申戸長이 날개로다」
　어느덧
　왕사발 같은 벽오동 잎이
　가을의 소슬바람을 타고
　'신 오위장'의 뜨락에 머흘대고 있는 것을
　桐里 國樂堂이 이를 반겨 주고 있다.

판소리·4

한가위 달밤을 망월이라 하였는데
그 달빛 속 광대의 목에서
쾌청한 소리로 메아리치는 것 같다.

「광대라 하는 것이 첫째는 인물치레,
둘째는 사설치레, 그지차 득음이요, 그지차 너름새라……」

명창 광대의 기본 조건은,
첫째, 인물이 잘 생겨야 하고,
둘째, 부르는 소리[臺詞]가 훌륭한 文學作品이어야 하며,
셋째, 선천·후천으로 뛰어난 목구성, 성음을 가져야 하고,
 넷째, 辭說과 소리의 이면, 실상에 맞는 몸짓을 잘 할 수 있
는 기예능력이어야 한다.

소리를 낼 때마다
달님을 에워싸는 구름과 같고,
몸짓을 할 때마다
선녀가 계수나무에서 그네 뛰는 듯하다.

그러다 보면
이 밤 다하여 달과 구름과
광대와 내가 함께 어울려
신나게 배뱅이굿이라도 하는 것 같다.

판소리·5

청솔바람이 판소리로 불어오면
부서지는 듯 놓칠 수 없고

장고의 물결이
폭포처럼 쏟아지면서
사설과 어우러진다.

한 점 구름은
뇌성을 타고 소나기로 내리퍼붓더니
한 올로 흐르는 판소리는 근참빛 유려하다.

청량하게 불어오는 바람결은
모시적삼 안섶에 고울시고,

겨자씨 같은 미분의 음파가
빛이 되어 너름새로 날다가
아악의 여인네로 읊고 있다.

선혈이 토해 낸
핏대 세우는 판소리는
맑은 율조에 맞추어 신명나게
이승의 가락을 이어주고 있다.

판소리·6

판소리는
文學·音樂·演劇의 세 가지 요소가 조화되고
신선한 생명력을 지켜 온
우리나라 고유한 종합예술이다.

서민의 애환을
唱과 구수한 재담으로 표현하며
오랜 세월 민족의 사랑을 받아왔던 것이다.

'흥'과 '신명'을 나타내는 민족 정서의 발판이며
전통문화를 가꾸는 국민 모두의 자부심이다.

판소리는
조상들이 창조해 낸 독특한 예술양식으로
민중들의 삶과 정신을 잘 반영하고 있다.

앞으로 국악의 저변확대를 위해
계속 전승 발전시키어서
그 의의가 세계적으로 높이 평가되어야 할 것이다.

판소리·7

판소리는
우리나라 천년 음악의 지평 위에
들불처럼 일어난 불꽃.

서민들의 삶 속에
소리마당을 펴기 시작하여
기억에서 기억으로,
입에서 입으로 전승되며
한국적 생명력을 응집하는 소리의 세계를 열었다.

그 판소리는
오늘날까지 꺼지지 않는
불후의 생명력을 지닌 노래로 불리어지게 되고,
민중들의 마당에서 타오르고,

스러져 간 노랫가락을 모아
하나의 울타리와 빗장을 갖춘
소리의 집을 이루어 놓았어라.

17세기 숙종조에 싹이 터서
천팔백팔십사년 고종조에 2백여 년의 자취를 함께 하니
새로운 세계를 정립하는 빛나는 업적이었다.

한국 음악 속에 판소리의 호적을 심어 놓은 지도
벌써 1세기가 지나고
지금 판소리는
세계 수준의 음악적 위상을 찾아 발전해 가고 있다.

판소리·8

동리 선생의 탁월한 예술성과 위업이 빛을 받아
정부가 제정한 한국 5천년 사상의 문화예술 50명 중
문학 분야 열 사람 중 한 분으로 선정되었다.

그래서
12월은 동리 신재효 선생 '문화의 달'이다.

특히 동리 선생이 지은 「광대가」는 전통예술에 관한
유일한 문학 극작론이며, 음악론이며, 배우론이며, 예술론이
라 할 수 있다.

신재효 선생의 예술 업적을 기리기 위해
「동리 연구회」에서는 「동리 대상」을 제정, 시상한다.

인간문화재, 국창 등 명성을 가진 자라도
「동리 대상」은 1년에 오직 현역 한 사람만 시상한다.
서양에서 노벨상이라고 하면은
동양에서는 「동리 대상」이라 해야 적격일 것이다.

판소리·9

소리야
목소리 장구소리 징소리 피리소리
아으 더덩덩 치 ─ ㅇ 삐 ─ 이 드디리쿵,

목청을 가다듬고
판소리 가락으로 외쳐 보았으나
선현의 지혜만 채 못하다.

우륵의 현을 타고
올올이 흉중을 지져내는
빛 고운 아쟁소리였던가.

천만길 폭포소리에 옥류로 잡아돌면
목이 쉰 구천아가씨 귀가 멀어 있다.

옥피리 소리에 설레는
여인네의 마음은
해돋이와 지는 해가 부딪쳐 여운 남긴다.

이렇듯
뇌성벽력으로 천지가 진동할 때
산악을 넘어서 피멍울 토해 내는

저 푸른 소리꾼의 바다로 가야 한다.

거기에는
훤한 햇살이 비추이는 만경창파에
흰 돛단배가
판소리 바람으로 가고 있다.

판소리·10
― 僧舞(살풀이)

길게 늘여 뺀 흰 장삼소매를
휘휘 저을 때마다
고깔 머리끝이 하늘로 치솟고

옥양목 외씨버선을
지르르 치키어 올릴 때마다
대금과 북소리와 선율이 흘러 흘러서

살풀이로
온갖 잡귀를 털어내어
액운땜을 한다.

더덩덩
더덩덩구
뒤로 옆으로 X자로
갖은 기교를 부려 추는 살풀이.

채곡채곡 걸친 긴 소매를
한 바퀴 풀어서 내저으며
이승막이에 열을 올리고 있으면
내 넋도 따라 두둥실 떠 가고 있다.

판소리·II
─ 가락

별빛에 젖은 판소리
오장육부에서 품어내고
선 채로 망부석이 되었다가
서서히 형태로 움직이는 가락이라 한다.

음률 가락에 이어서
아스라한 산조를 배회하다가
달빛 그림자로 어우러진다.

높고 낮은 장단에 맞추어
때로는 부서지는 강물이 되고
때로는 넘실대는 호수가 되어
추녀 끝 풍경소리로 날아간다.

오른팔 손가락은 하늘을 뚫고
왼팔 손끝은 땅을 찌르다가
휘휘 저으며 얼싸안아 품어낸다.

그러다가 지쳐지면
파도소리가 사라지는 듯
다시 판소리 가락으로 은은히 흘러 나온다.

판소리·12
—리듬

한쪽에서는 소리를 하고
이쪽에서는 박수를 치고
저쪽에서는 메아리가 울린다.

고즈넉한 소리
불규칙한 마찰
박자와 소리로 함께 어우러 본다.

아름다운 미소와
감격하는 쾌소와
너그러운 품소로써 하모니해 본다.

강물에 사뿐히 내리는 달빛과 같이
가볍게 산등성을 오르내리며
콧노래로 장단쳐 간다.

내 마음을 장고에 매달고
도포자락을 치키어서
리듬으로 훨훨 날려 보낸다.

판소리·13
― 너름새

귀엽고 맵시 있게
너름너름 잘도 춤을 추는 것이
너름새라고 하여 보자

천태만상으로
면밀 미묘하게
선과 기를 다하고 놀아 볼꺼나.

천번 변하고
만번 조화하는 율동과

온갖 풍류호걸로
관객들의 넋을 빼고 있다.

지르르 미끄러져 가는 외씨버선과
폭포를 한마디 소리로 헐는 기염은
만인의 오간장을 멈추게 한다.

판소리·14
—득음

오음을 분별하고
육률 성색을 조화시켜
바람맞이에 걸려 놓는다.

오장에서 내는 소리
육미로 감각하여
자유자재로 화음한다.

육신이 쉬지 않는 한
희·노·애·락을 감지하고

천년 한의 올을 뽑아 내어
만선만능과 전지전능을
부릴 수 있게 한다.

그러므로
우주 천체가 회동하여
하늘의 판소리 판소리로 울려 퍼진다.

판소리·15
—사설

금주옥과 같은 좋은 말로
분명하고 완연하게
노래하는 연극을 성사키로 하자.

칠보단장한 미인이
병풍(무대) 뒤에서 튀어나오듯
관객들의 눈을 현혹케 한다.

삼오야 밝은 달이
구름 밖에서 내미는 듯

칠흑 같은 한밤중에
샛별이 찬란하게 반짝이는 듯

언제나
새로운 가극으로 문학작품을 절묘하게
항시 창작해 나가야 한다.

판소리·16
— 신재효가

사나이로 조선에 생겨,
장상댁(將相宅)에 못생기고,
활 잘 쏘아 평통할까,
글 잘 한다 과거할까……

　＊현실과 갈등에서 오는 허전감, 입신양명에 연연치 않고 당시의 사회적
불공평을 객관적으로 풍자 개탄한 노래

〈治産歌〉一部에서
부지런코 검소하면 가장기물 절로 있네
사치하고 방탕하면 범법수죄 패가망신
줄줄이 과목 심어 돈진 사람 오게 하고
고물고물 채소 놓아 반찬값을 내지 말고
밤마다 불을 켜고 물레젓기 벗을 삼고
한 냥 두 냥 수십 냥 모아 논도 사고 밭도 사며
그리저리 하거드면 자연치가 되느니라.

　＊이 치산가는 신재효 선생의 평소 치산의 지혜와 근검절약과 성실성에
서 말해 준다. 바로 이것이 신재효 선생의 생활철학이요, 생산산업학이요,
경제경영학이다.

　신재효 선생이 타개한 지 6년이 되는(고종 27년, 1890년)
해에 그를 그리는 유애비(遺愛碑)에서

勤儉之操
傳施之仁
通政大夫申公存孝遺愛碑
君子之德
永世不泯

　이는 正面에 세워진 碑文과 같이 어렵사리 모은 정재를 흉년에 재해민을 돕는 데 아낌없이 썼으며, 자기가 봉직하고 있는 관아 건물 중수와 경복궁 새 대궐의 복원 사업에도 당시 오백 냥이란 엄청난 거금을 헌납하였다.

　다음 신재효 선생의 「廣大家」와 「自敍歌」, 「날개 打令」의 1절은 필자의 판소리 1~4까지 밝힌 바 있다.

　한편 필자는 상술한 내용 외에 지금부터 「춘향가」 「심청가」 「흥부전」 「배비장전」 「옹고집전」 「장끼전」 「토끼전」 「변강쇠전」 「두껍전」 「이춘풍전」 「장화홍련전」 「콩쥐팥쥐」 「古本」 등을 직접 독해(讀解)하여 판소리로 추스려 보기로 한다.

판소리·17
―춘향가

廣寒殿에 올라
사방을 둘러보니
오작교 너머에 라일락 향기가 감돌며
금잔디 자르륵 깔린 곳에
춘향이가 그네를 뛰고 있다.

양귀비 같은 고운 머리
길게 땋아 갑사댕기 두르고

흰 저고리 안섶에
자주 옷고름 펄럭이고

백장사 진솔 속곳
남방사 홑단 치마에 내비치니
화류중에 구름 타고 노는 듯
白玉 같은 仙女로다.

이도령은 이제사 춘향을 알아차려
견우와 직녀가 만난 듯
방자야 속히 춘향을 불러 오너라
형산(荊山)의 白玉과 여수(麗水)*의 黃金이 임자가 각각

* 여수(麗水) : 中國雲甫에 있는 내 이름

있느니라.

춘향모 月梅는 이 말을 듣고
어젯밤 꿈길에 난데 없는 靑龍이
벽도못[碧挑池]에 잠기기에 무슨 좋은 일일까 하였더니
사또 자제 도련님이 꿈몽(夢)자 용룡(龍)자라 하더라
신통한 해몽이었으니 아니 보낼 수가 없었다.

향단아 정말로 이도령이 보낸 전갈인가 살펴라.
예이 : 참으로 이사또 자제가 틀림없습니다.
춘향은 이도령 앞에 단정히 앉아 말씀을 기다린다.

姓은 成씨이고 나이는 열여섯 이팔청춘 내 나이와 같이 李
成之合 천정 연분이로다.

충신은 두 임금을 섬기지 아니하고
열녀는 두 지아비를 바꾸지 않는다는데 ?
도련님은 지위 높은 명가의 귀공자요
소녀는 천한 가정의 계집애로서
한번 정을 주면 一片丹心하는 것을
독수공방 恨이나 남기게 하지 마옵소서.

가이 기특하도다.
우리 둘의 인연은 金石의 맹약이니라.
그러나 이도령의 부친은 同副承旨의 교지를 받고 그 一家
가 모두 서울로 떠나게 되었다.

그 후 신관 사또에는 卞學徒가 부임하였다.
변학도는 성질이 괴짜·사증(邪症)·오결(誤決)·外入을 좋
아한다.
부임하자마자 남원 고을 기생을 전부 모아 놓고
춘향을 불러 수청하라 하거늘……

춘향 대답왈 : ……
사또께서는 한 임금을 섬기시고 남원 고을 치정할제
소녀도 일편단심 굳은 마음 一夫從事의 뜻이요,
죽어도 이도령뿐 두 남편을 섬길 수 없다고 한다.

변학도 화가 나서
이 요망스런 계집년을 형틀에 올려 매고
형장·청장으로 골통을 부수고 물곳장(物故狀)을 올려라.
서리 역졸 같은 포졸들에게 곤장·태장 뭇매를 맞고
죽은 시체나 다름없이 실신하였는데
다시 큰 형틀에 칼을 씌워 옥에 가두었다.

이때 한양 도령님은
주야로 詩·書·百家語를 숙독하고
科擧에 壯元及第하여 都承旨 入侍하니
全羅道 暗行御史로 명을 받게 되었다.

서리(胥吏)·중방(中房)·종사(從事)·역졸 등을 거느리고
필마로 3일간 전라도 초읍 여산에 좌정하여
제1진은 佐道, 礪山, 錦山, 茂朱, 龍潭, 鎭安, 長水, 雲峰,
求禮로
제2진은 右道, 龍安, 咸悅, 監陂, 沃講, 金堤, 萬頃, 古阜,
扶安, 興德, 高敞, 長城, .靈光, 茂長, 務安, 咸平으로
제3진은 益山, 金講, 泰仁, 井邑, 淳昌, 玉果, 光州, 羅州,
昌平, 潭陽, 同福, 和順, 康津, 靈岩, 長興, 寶城, 興陽, 樂
安, 順川, 谷城으로 순행하여 3일 후 南原邑으로 전부 대령
을 하라고 추상 같은 명령을 내렸다.

暗行御史 李夢龍은 남이 몰라보게 위장 변색하고 삼례·가
리내·상금정 숲정이·拱北樓·西南門을 지나 全州 기린봉 한벽
당, 南高寺·多佳·德津 등 完山八景 다 구경하고 암행하여 南
原邑에 당도하였다.
그날밤 남원 고을을 긴밀히 내사하여 본즉
변학도 학정이 너무 심하여

백성들이 살 수 없다는 아우성이다.

3진을 친 3일 만에 날이 밝아오게 되자
변학도 생일 잔치상이 건아한 판에
낯선 걸인 한 사람이 나와 詩題를 내어 글을 지었다.
금준미주(金樽美酒)는 천인혈(千人血)이요
옥반가효(玉盤佳肴)는 만성고(萬姓膏)라
촉루낙시(燭淚落時)에 민루락(民淚落)이요
가성고처(歌聲高處)에 원성고(怨聲高)라.
이때 춘향을 겁탈하려다 만 변학도는
그 걸인이 암행어사인 줄 알고 피하려다
3진을 암행한 從事들이 몰려와 감옥에 처넣었다.
어사또 이몽룡은 춘향에게
얼굴을 들어 나를 보라 하거늘,
춘향이 얼굴을 들어 대위를 살펴보니
어젯밤 걸객으로 왔던 낭군의 어사또가 뚜렷하다.

얼씨구나 좋을씨고, 어사낭군 좋을씨고
남원읍에 추절 들어 떨어지게 되었더니
객사에 봄이 들어 이화춘풍 날 살린다.
일편단심 섬긴 마음 백년가약 어데 갈 것인가.
우리 낭군 팔도 도백 거쳐 한양성 같이 갈제

광한루도 오작교도 잘 있거라.
어화둥둥 내 사랑아 夢龍春香 二姓之合
얼씨구나 좋을씨고 어화둥둥 내 사랑아.

판소리·18
― 농악

서민들의 애환을
한마당의 민속농악과
아리랑춤으로 풀어 본다.

단오제, 모심기와
백중·칠석 김매기는
백일간 농악을 울리고

정초와 대보름
추석절 중구날은
은하수와 망월과 벗삼아
삼경의 복채로 풍악을 울린다.

저! 구름 밖에서 들려 오는
굿거리장단 소리는
배달민족의 고동소리어라.

터를 눌리고
멋을 살리어서
민족의 정서를 간직하고

겨레의 가락과

민중의 장단으로
좌·우도 전승농악으로 풀어 나간다.

판소리·19
—수궁가(토끼타령)

별주부는
토끼를 데리러 육지에 와서
토끼 뒷다리를 물고 간다.

개나 같으면 삼복 더위에
보신탕으로나 필요할 터인데 개도 아니고
소나 같으면 북방구나 장구로 사용될 터인데 소도 아니고

아마도 눈알이 빨간 것이
양기가 꽉 들어 있어 성욕이 좋을 것 같지만
그렇지도 않은 것 같다.

아무튼
용왕이 토끼 배를 가르라 한다.
때마침
토끼는 자기 배를 쫙 펴 보이면서 딱 타보라 한다.

토끼의 대담한 지략을 보고
용왕은 무슨 곡절이 있으니
토끼 말이나 들어 보고 배를 따라 한다.

토끼 대답하기를

내 간을 내서 진산 계수나무에 매달아 놓고
발을 씻으러 바닷가로 내려오는데
우연히 별주부를 만나 용왕께서
잠깐만 왔다 가란다 하기에 이렇게 왔을 뿐이외다.

대왕은 번쩍 몸을 움직여 대노하면서
토끼 말이 모두 거짓말이다고 꾸짖는다.
간이 어데에 붙어 있다고 그따위 수작이냐 한다.

토끼는 내 간을 입으로 넣고 똥구멍으로 내는데
이를 증명하기 위해서 옛날에 소태무용에게
떼어 주었더니 신속한 효험으로 다시 재생한 적이 있다 하니
용왕은 이 토끼의 거짓말에 넘어가고 말았다.

다시 토끼는 별주부 등을 타고
육지로 나와 안도의 한숨을 쉬고 있다.

판소리·20
─심청가

황주 도화동에 사는 심학규는
20에 안맹하여 인척의 발길은 끊겼으나
양반의 후예로 청렴 정직하고
지개 고상하여 추호도 경솔함이 없어
동리 눈뜬 사람들은 모두 찬하는 터이다.

그 아내 곽씨부인 현철하여
덕(德)과 선(善)과 예(禮)와 절계(節季) 겸비하였으나
가세가 빈한하여 반소음수(飯蔬飮水)하는 터에
몸을 바쳐 동네 삯바느질, 혼상대사 음식설비
춘추시향 봉제사와 가정 공경 시종이 여일하다.

어느 날 심봉사 자식 낳기를 원하여
부인께 여쭙는 바 명산대천에 공드리라 하니
곽씨부인 어진 범절 극진하게 받아들여
몸져누워 앓으니 순산하기 바랄 적에
향취가 진동하며 채운 가득이 심청(沈淸)을 낳았느니라.

매사에 좋은 일이 있으면 궂은일이 따르듯이
뜻밖에 곽씨부인 산후 별증이 일어나
식음을 전폐하고 호흡을 천촉하며 운명을 하니
심봉사 기가 막혀 머리를 찧고 가슴을 두드리며

그대 살고 나 죽으면 저 자식을 키울 걸
그대 죽고 내가 살아 저 자식을 어찌하랴

눈 어둔 이놈 팔자 일가친척 바이 없이
혈혈단신 이내 몸이 올데갈데 없어지네

현처는 가고 어린 심청을 강보에 싸서
젖 좀 주오 젖 좀 주오 이 집 저 집 얻어먹여 키우니
그 나이 10세가 되어 아버지를 집에 있게 하고
부친 봉양 하기 위해 효행의 길로 손수 나섰다.

세월이 여류하여 심청이 15세가 되고 보니
얼굴이 일색이요 효행이 출천하며
문필도 유여하여 인(仁) 의(義) 예(禮) 지(智) 천생려질이라.

하루는 월편 무릉촌 장승부인이
심소저를 청한다 하여 부친께 아뢰었다.
심봉사는 일국의 재상부인의 말이니 다녀오라고 한다.

장승상 부인은 심청이를 수양딸로 삼아
기출같이 성취시켜 말년 자미보게 해준다 하니
심청은 말씀은 훌륭하나 저 낳은 지 7일 만에 모친 잃고

늙은 부친 나를 안고 다니면서 동냥젖을 얻어먹여
이만큼 되었는데 우리 부친 슬하를
잠시라도 떠날 수가 없음을 아뢰고 나왔다.

그때 심봉사는 무릉촌에 딸 보내고
딸 오기만 기다리다 밤이 깊어도 돌아오지 않아서
갑갑하여 지팡막대 걸터짚고 딸 오는 데 마중간다.

더듬더듬 시비밖에 나가다 비탈에 발이 삐긋하여
개천물에 풍덩 빠져서 온몸에 진흙이다
아무리 소리쳐도 오가는 길손이 없으니 누가 구해 주랴
마침 몽운사 화주승이 시주에 왔다 절을 찾아갈 때
어떤 사람이 개천물에 떨어져 거의 죽어가고 있다.

화주승은 굴갓, 장삼, 행전, 버선을 활활 벗어 버리고
심봉사 가는 허리를 후리쳐 담숙 안아 올려놓으니
죽은 사람 살려 놓는 것은 은혜 백골난망이라 한다.

심봉사가 물에 빠졌던 연유를 다 들은 화주승은
우리 절 부처님이 영험이 많으셔서
공양미 삼백석을 시주로 올리고 지성으로 빌면은
생전에 눈이 떠서 천지만물 좋은 구경할 터이다.

심봉사 그 말 듣고 눈뜬단 말만 반가워서
여보소 대사 공양미 삼백 석을 권선문에 적어 가소
그렇게 확언하고 심봉사가 번민하고 있을 때
심청이 방문 열고 들어오며 아버지 이게 웬일이오?
나 오는가 마중코자 물에 빠져 얼마나 욕보았겠소.

아버지는 이외에 무슨 큰 걱정이 있는 듯하여
심청이 훌쩍 울며 소녀에게 근심을 알려달라고 한다.
심봉사 그때서야 화주승의 시주 이야기를 하였다.

심청은 그 말 듣고 반겨웁게 대답하되
아버지 어두우신 눈 정녕 밝아 보일 양이면
공양미 삼백 석을 아무쪼록 준비하여 보리다.

하루는 유모 귀덕어미가 이상한 일이 있다고 한다.
어떠한 사람인지 십여 명씩 다니면서
값은 고사간에 십오세 처녀를 사겠다고 한다.

심청이 속마음에 반겨 듣고 그 말이 진정이라면
말 밖에 나지 않게 그중 점잖은 사람을 데려오오
귀덕엄마 과연 조용히 데려왔는지라.

우리는 황성(皇城) 사람으로 만리 밖까지 배를 타고 다니는데
뱃길에 임당수라는 물이 있어 변화 불측하야
자칫하면 몰사를 당하는데 15세 된 처녀를
제수(祭需)로 바치면 수로 만리를 무사히 왕래하게 된다.

심청이 하는 말은, 본촌 사람으로 부친 안맹하여
평생에 한이 되어 몽운사에 공양미 삼백 석을
불전에 시주하면 눈을 떠서 보리라 하여
내 나이 15세라 나를 삼이 어떠하리오
그때 선인은 허락하고 몽운사에 삼백 석을 올렸다.

막상 임당수에 제수로 결정한 심청은 앞이 캄캄하다
오늘밤 뫼시면은 다시 못 볼 테지
내가 한번 죽어지면 여단 수족 우리 부친
뉘를 믿고 살으실까 애닯도다 우리 부친
돌아가신 우리 모친 황천으로 들어가고
나는 이제 죽게 되면 수궁으로 갈 터이니
수궁에 들어가서 모녀상봉을 하자 한들
수륙이 현수(懸殊)하니 만나 볼 수 전혀 없네!

만일 모친을 알고 뵈옵는 날 부친 소식 묻사오면
무슨 말로 대답할꼬, 지는 해를 함지(咸池)에 머무르고

돋는 해를 부상(扶桑)에 매었으면 하늘 같은 우리 부친
더 한번 보련마는, 밤이 가고 해돋는 일 뉘라고 막을손가.

이윽고 천지가 날이 새니 선인들이 시비밖에 주저하며
오늘 행선 날이오니 수이 가게 하옵소서.

심청이 그 말 듣고 기가 막히고 목이 메어서
선인네들, 오늘 행선하는지는 내가 잘 알고 있소
잠깐 지체하시면 불쌍하신 우리 부친
진지상 올려 잡순 후에 말씀이나 여쭙고 떠나리다.

아버님 진지상을 물려내고 담배 피워 물린 후에
사당에 하직차로 아뢰기를 불효여식 심청이는
부친 눈을 띄우려고, 남경장사 선인들에게
삼백 석에 몸이 팔려 임당수로 들어가니
소녀가 죽더라도 부친의 눈 띄어 착한 부인 맞이하여
아들 낳고 딸을 낳아 정상향화 전케 하오
우루루 나오더니 자기 부친 앞에 철석 주저앉아
아버지를 부르더니 말 못하고 기절한다.

한참 만에 내가 불효여식으로 아버지를 속였소!
남경장사 선인들께 삼백 석에 몸을 팔려

임당수 제수로 가기로 하와 오늘 행선 날입니다.

심봉사 하도 기가 막혀 실성을 하고 있다.
애고, 이게 웬말이냐, 네가 살고 내 눈 뜨면
그는 응당 좋으려니와 네가 죽고 내 눈 뜨면
그게 무슨 말이 되겠는가, 아내 죽고 자식 잃고
사궁지수(四窮之首)가 된단 말일까? 네이 선인놈들아
차라리 내 몸이 대신 가면 어떠하나
날 죽여라 평생에 맺힌 마음 죽기가 원이로다.

때마침 심소저 부친의 통탄을 듣고
가상히 여긴 선인들이 돈 300냥, 백미 백 석, 마포 등으로
평생 신세 굶지 않게 주선해 주었다.

심청이 저의 부친을 동리 사람들에게 맡겨 놓고
동네 남녀 어른네들, 혈혈단신 우리 부친
죽으러 가는 몸이 동중만 믿사오니 깊이 생각하옵소
하직하고 돌아서니 동리 남녀 노소 없이
발구르고 통곡한다.
심청이 울며 불며 선인을 따라갈제
끌리는 치맛자락 거듬거듬 안고
만수비봉(滿首飛蓬) 흩은 머리 귀밑에 와 드리었고

48

피같이 흐르는 눈물 옷깃에 사무친다.

천리 밖 뱃길에 돛을 지우니 이곳이 임당수라
임당수에 제수를 올리니 동해신 아명(阿明)이며,
서해신 거승(巨勝)이며,
남해신 축융(祝融)이며,
북해신 우강(禹彊)이며, 강한지종(江漢之宗)과 천택지신(川
澤之神)이
제수를 흠양하여 소망 이뤄 주소서
빌기를 다한 후 심청을 물에 들라 재촉하니

심청이는 뱃머리에 우뚝 서서 두손을 합장하고
하나님께 비는 말이 소저 죽는 일은 추호도 슲지 않으나
안맹하신 우리 부친 천지에 깊은 한을 생전에 풀려 하고
죽음을 당하오니 황천(黃泉)이 감동하사
어둔 눈을 밝게 하여 광명천지 보게 하오.

여러 선인 상고님네 평안히 가시옵고
억십만금 이를 얻어 이 물가에 지나거든
나의 혼백 넋을 불러 객귀 면케 하여 주오.

영체 좋은 눈을 감고 치마폭을 무릅쓰고

뱃머리에 와락 나가 임당수 물에 몸을 던지었다.

그때 옥황상제께서 사해 용왕에게
명일 오시 촉각에 출천대효 심청이가 물에 떨어지니
수정궁에 영접하고 다시 출송인간(出送人間)케 할지어다.

심소저는 이렇듯 수정궁에 머무를 새
황천에 가신 모친을 만나게 되어 한없이 통회한다.

심낭자 출천대효를 옥황상제께서 가상히 여겨
옥정연화(玉井蓮花) 꽃봉 속에 아무쪼록 고이 뫼셔
오던 길 임당수로 도로 내보내라 이르시니
옥정연 꽃봉으로 떠돌아다니고 있다.

마치 남경장사 간 선인들이 임당수로 돌아오니
난데없는 꽃 한 송이가 물 위에 둥실 떠 있거늘
선인들의 분분한 공론 끝에 천자전에 진상하였다.

그 꽃을 받은 천자는 옥쟁반에 받아 놓고
날이 가고 밤을 새니 꽃은 간데없고 한 낭자만이 있다.

천자는 문무백관을 불러 상의한 후

황후로 맞이하여 천상배필 금슬이 쏟아지는데
심청이는 불쌍한 아버지 생각에 탄식하고 있을 때다.
천자께서 내전에 드니 황후의 미간이 미만하여
무슨 일로 얼굴이 그리 어두운지 물었다.

심청은 근본이 용궁인이 아니오라
황주 도화동 사옵는 심학규의 딸이옵니다.
첩의 부친 안맹하여 철천지원 되옵더니
몽운사 부처님께 공양미 삼백 석을 시주하면
감은 눈을 뜬다 하엽기로 남경장사 선인들에게
삼백 석에 몸이 팔려 임당수에 빠졌었습니다.

용왕의 덕을 입어 생환 인간하여 몸은 귀하였으나
통촉하셔서 맹인 불러 잔치하옵시면
첩의 천륜을 찾을 수 있을까 하옵니다.
황제 칭찬하시되 황후는 과연 여중대효(女中大孝)로소이다.

어느덧 도화동 사람들은 곽씨부인 유언도 있고
남경장사 부탁도 있어서 심봉사를 극진히 돕고 있는데
본촌 뺑덕어미라 하는 계집이 있어
가세 넉넉한 줄 알고 심봉사와 살기로 하여
모든 재산을 엿값, 떡, 담배, 기름, 술값으로 망쳐먹었다.

심봉사는 어느 날 관가에서 오라고 하여 가본즉
황성에서 맹인잔치를 한다고 급히 올라가라고 한다.
관가에서 노자와 옷 일습을 내어 주어서
뺑덕어미와 같이 황성길에 나섰으나
뺑덕어미는 다른 남자 만나서 사라지고 혼자 갔었다.

몇 달을 지팡이로 감지하며 황성길에 다다르니
봉명군사(奉命軍士)들이 영기를 들고 외는 말이
각처에서 오신 소경님네 맹인잔치 망종이니
바삐 와서 참여하소.

심봉사 객주에 쉬다가 바삐 궁안 찾아가니
수문장이 좌기하고 날마다 오는 소경 점고하야
이때에 심 황후는 날마다 오는 소경 거주 성명 받아 보고
부친 오기만 기다리다 모든 소경이 궁중에 들어와서
말석에 앉은 소경을 가만히 바라보더니
머리는 반백인데 귀 밑에 검은 때가 부친이 분명하다.

심 황후는 시녀를 불러 분부하되
저 소경 이리로 와 거주 성명 고하게 하라.
심봉사 세세히 그 연유를 말하니 자기 부친 완연하다.

버선발 뛰어내려 부친의 목을 안고
아버지 살아왔소! 내 과연 물에 빠진 심청이오
심청이 살았으니 어서 눈을 뜨시고 딸의 얼굴 보옵소서.

심봉사 이 말을 듣고 어따 이게 웬말이니,
대경하는 중에 두 눈을 번쩍 뜨니
일월이 조요(照耀)하고 천지가 명랑하다.

불쌍하다 너의 모친 황천으로 돌아가서
내가 너를 잃고 삼 년 고생으로 지내다가
황성에서 너를 만나 이같이 좋아하는 것을 알까보냐
어두운 눈을 뜨니 대명천지 새로워라
부중생남중생녀(父重生男重生女) 나를 두고 이름이라.
어이 좋구나 지화자 좋을씨고!

판소리·21
— 사물(四物)놀이

신들린 사람들은
이승과 저승을 오가며
사물놀이로 풀어 가고 있다.

네 사람이
각기 꽹과리, 징, 장구, 북을 가지고
어울려 치는 놀이

사물(四物)에 미쳐 날뛰는
놀이패들의 신령굿

깨갱 깨갱, 치 ― Ο 치 ― Ο
더엉 더덩구, 벙 벙

각기 풍물과 고개와 팔과 손, 허리가
일치하여 비우같이 움직이는 번개굿

참으로 신들리지 않고는
칠 수 없는 사물놀이
신들리지 않고는 볼 수 없는 관객들

얼씨구 좋구나

인간과 신이 고개를 회저으며
신명으로 화합소리 내는 사물놀이.

판소리·22
— 고수와 소리꾼

소리꾼을 창자(唱者)라 하고
북잡이를 고수(鼓手)라 한다.

고수는 소리꾼이 있어야 하고
소리꾼은 고수를 잘 만나야 한다.

판소리 5대 요소라 하면
소리, 고법, 추임새, 사설 몸짓이라 한다.

장구는
소리를 낼 때마다
리듬을 잘 타야 하고
간살을 정확하게 맞추어야 한다.

창자는
사설과 몸짓으로
어울림을 부추기며
고수에게 눈짓을 한다.

바로 그때
고수는 얼씨구 좋구나 좋다 하며
장단 고저로 장구나 북을 두드린다.

소리꾼은
다시 고법을 맞추어
추임새에 힘입어 한판 사설을 토한다.

판소리·23
— 춤

춤이란
육체와 정신 양면의 조화를 지니는
인간의 운동이다.

옛생활 양식 속에 보존되고 있는
인간의 존엄성에 대하여
춤은 전체 생활을 이루는데
언제나 절대적인 구실을 해왔다.

춤이 진행되는 가운데
육체와 정신의 무용기술을 향상시키어
인간 운동의 연속!
천애무변의 예술!
그리고 그것이 항시 작동하고 있는 두 극점!

만일 인간적으로 이해할 수 있고
인간으로 영원히 남아 있고자 한다면
곡예와 선율로 승화시켜
춤의 나래를 펴나가야 할 것이다.

판소리·24
—옹고집전(雍固執傳)

옹정옹연(雍井雍淵) 옹진(雍進)골 옹당촌에
성(姓)은 옹(雍)이요 명(名)은 고집(固執)이라

성벽(性癖)이 고약하여 풍년을 좋아하지 않고
심술이 맹랑하여 매사에 마음이 비뚤어졌느니라.

가사(家事)를 볼 것 같으면
석숭(石崇)의 부자와 도주공(陶朱公)의
성세를 불워 아니하더라.

앞뜰에 노적(露積)이요 뒤뜰에 장옥(墙玉)이라
팔작(八作)집, 어간대청(御間大廳)
삼층난간(三層欄干) 세살창문
별앞다지 팔첩병풍(八疊屛風) 요강 대와 밀쳐 놓고
며늘아가 명주(明紬) 낳고 딸아가 수(繡)놓으며
곰배팔이 삿괴이고 안진방이 방아 찧고
팔십당년 늙은 모친 병들어 누워 있는데
닭 한 마리 약 한 첩도 봉양은 아니하고
조반석죽(朝飯夕粥) 대접하니
냉돌방에 홀로 누워 섧히 울며 하는 말이
「너를 낳아 길러낼제 애지중지 나의 마음
보옥같이 사랑하여 어루만져 하는 말이

금자동아 은자동아 무아자태 백옥동아
하늘같이 어지거라 땅같이 너릅거라
이같이 사랑하여 너 하나를 길렀더니
천지간에 이런 공을 모르느냐
옛날 왕상(王祥)이는 어름 속에 잉어 낚아
부모 봉양 하였으니
그렇지는 못하여도 불효는 면하여라.」

불칙한 고집쟁이 이놈이 부모 말 대답한다.
「진시황 같은 이도 만리장성 쌓아 두고
아방궁 높이 지어 삼천 궁녀 시위(侍衛)하여
천년이나 살겠다더니 일분총(一墳塚) 못 면해 죽어갔고
백전백승 초패왕(楚覇王)도 오강(烏江)에 죽어 있고
안연(顔淵) 같은 현학사도 삼십에 조사(早死)커든
옛글에 인간 칠십 고래희(古來稀)라 하였으니
수즉다욕(壽則多辱) 우리 모친 뉘라서 단명하리
도척(盜跖)이 같은 몹쓸 놈도 천추에 유명커든
무슨 시비 말할손가.」
이놈 심사 불도(佛道)를 능멸(凌蔑)하여
무죄한 중〔僧侶〕만 보면 귀틀기 뜸질하기 유명하다
이때에 월출봉 취암사(翠庵寺)에 있는 한 도사(道士)는
높은 술법(術法)이 귀신(鬼神)도 측량치 못할제라

학대사는 옹좌수(雍座首)라는 집에 와서
목탁을 딱딱 치며 염불로 배례(拜禮)할제
「천수천양관자재보살 주상, 왕비전하만만세
시주 많이 하오면 극락세계로 가오리다
아미타불 관세음보살.」
이때에 옹좌수 밀창문을 벌컥 열어서
「괴씸한 이 중놈아 시주하면 어쩐다냐.」
학대사 대답하는 말이
「황금 일천 냥만 시주하면 소승의 절에 가
수륙제(水陸祭)로 축원을 올리면 소원대로 됩니다.」
옹좌수 하는 말이
「가소롭다. 천생만인 마련할제
부귀빈천(富貴貧賤) 유무자손(有無子孫) 복불복(福不福)을
분별 내었거든
네 말대로 할 양이면 가난할 이 뉘 있으며
무자(無子)할 이 뉘 있으리 이 고약한 중놈아
부모 은혜 배반하고 삭발위승(削髮爲僧) 부처 제자 되어
거짓 공부 아미타불 어른 보면 동냥 달라
네 무슨 지식이 있느냐 내 관상(觀相) 한번 보아다오.」
학대사 관상을 살펴보니
「좌수님의 눈썹이 길고 미간이 널르우니
성세는 요족(繞足)하나 누당이 곤하시어

자손이 부족하고, 면상이 좁았으니
남의 말을 아니 듣고, 적으므로
오사(誤死)도 할 듯하고 만년에 상한병(傷寒病)을 얻어 고생
하다 죽사리다.」

옹좌수 성을 내어 돌쇠, 뭉치, 강쇠 등
종을 불러 저 중놈을 잡아내라 한다

종들은 천둥같이 달려가 헌굴갓 벗기고
두 귀 덥벅 잡아 휘휘 돌려 동댕이치고
태창 삼십도를 맹치(猛治)하여 끌어 내치며
완둔한 이 중놈아 진도남(晋陶南) 같은 이도
중을 불가(不可)하다 하고 운림처사(雲林處士) 되었는데
거짓불로 청탁하고 남의 전곡(錢穀) 달라 하니
너 같은 놈을 그저 두랴

갖은 곤욕을 당한 학대사는 사문(沙門)에 들어가 고하였다
학대사의 원한을 풀기 위하여 재승의 중지를 모았다
만첩청산 맹호 되어 야삼경 깊은 밤에
옹가를 물어다가 산고곡심(山高谷深) 무인처(無人處)에
버려 둘까
신미산 여우 되어 채의단장(彩衣丹粧) 곱게 하고

호색하는 옹고집 품에 좋은 말로 속일 적에
첩은 본래 월궁선녀로 상제께 득죄하여
인간에 내치시매 좌수님과 연분이 있다 하여
온갖 교태 내보이면 옹가 필경 매혹하여
희롱하다가 촉풍상한(觸風傷寒) 나서 죽게 하리다.

학대사는 아서라 그도 못하리라 하며
별로 괴이한 꾀를 내어 짚 한뭇 내어서
허인(虛人)을 만들어 놓고 보니 분명한 옹고집이라.
옹가집 찾어가서 돌쇠, 강쇠 이 종들아
말 콩 주고 여물 썰어라 춘당아 방 쓸라 하니

실옹가 어떠한 손이 사랑을 요란케 하느냐
허옹가 그대 어인 사람으로 주인인 체하느냐

실옹가 성을 내어 이놈이 내 재물을 탈취하려고
돌입내정(突入內庭)하였다. 강쇠야 이놈 잡아내어라.
허옹가 역시 강쇠야 저놈 잡아내라 하거늘
노복들이 아무리 보아도 이옹 저옹이 같은지라
우리네 좌수님은 찾을 가망 전혀 없어 하는 말이
중을 보면 결박하고 불도를 능멸하고
팔십 당년 늙은 모친 박대한 죄 없을쏘냐

지신(地神)이 발동하고 부처님이 도술하여
하늘이 주신 죄를 인연으로 어이하리

웅좌수 마누라는 소비(小婢) 춘단 어미에게
너의 좌수님은 도포를 급히 다루다가
불똥이 떨어져서 안자락에 구멍이 났느니라
춘단 어미 일일이 도포를 보자고 하였다.
실옹가 허옹가 도포자락에 불똥이 똑같이 나 있다
마누라님 가보소서 소비는 전혀 알 수 없소
웅좌수 마누라 하는 말이 우리가 만날 때
여필종부 본을 받아 살아서 이별 말고
죽어도 한날 죽자 천지일원 맹세했거늘
송백 같은 굳은 마음 두 낭군이 무삼일꼬

이때 구불촌 김 별감이 웅좌수를 찾는다
허옹가 하는 말이 허허 김 별감인가
나는 요새 편토 못하네 집안에 변이 있어
언어통정과 형용이 날과 같은 사람이
나의 재물을 뺏으려고 몹쓸 비계(祕計)를 내어
가산을 분별하니 이런 일이 또 있겠는가
기처(其妻)는 불식야(不識也)로되
기우(其友)는 식지(識地)라거늘

지기상통(志氣相通)하는 뜻을 명백히 분별하여 주소

실옹가 이 말 듣고 가슴을 두드리며
내가 할 말 저놈이 한다고 네가 옹가냐 내가 옹가지
김 별감 하는 말이 양 옹이 옹옹하니
이옹 저옹 분별 못하겠네
관가(官家)에 송사(訟事)나 하여 보소
양 옹은 이 말 듣고 서로 붙들고 관청에 들어가는데
얼굴 의복이 같고 머리, 팔, 가슴, 다리
불알까지 같다 한다.

실옹가 먼저 아뢰되 옹당촌에 대대 거생(代代居生)하여 오
던 중
천만 의외 부지한 허인이 민의 행색같이 하고 들어와
내 집과 내 가속을 제 집 제 가속이라 하니
이런 흉한 일이 어데 또 있사오리까
명명(明明)하신 성주(城主)님께서는
이놈을 엄문 벽백하시옵소서
허옹가 민이 아뢸 말씀을 저놈이 하였으니
명백하신 성주께서는 통촉하와
허실을 가려 주신다면
인제 죽사와도 여한이 없겠나이다

육방하인(六房下人) 내빈행객(內賓行客)이
모두 살펴도 전혀 알 수 없다
형방(刑房)이 아뢰되 두 백성의 호적(戶籍)을 상고(商考)
하여지이다
성주가 호적을 강받을 때 실옹가 하는 말이
민의 애비 이름은 옹송이요
조(祖)는 만송이로소이다.
사또 왈 그놈 호적은 옹송만송하니 저 백성 아뢰라.
허옹가 민의 애비가 좌수를 거행할 때에
백성을 애휼(愛恤)한 공으로 경내 유명하여
옹돌면 제1호 유학(幼學)에 옹고집이라
고집의 년이 삼십칠이요
부학생에 옹송이오니 절충장군이옵고
조(祖)는 상이오나 오위장(五衛將)하옵고
조고(祖考)는 맹송이요 본은 해주이며
처는 최씨요 본은 진주요 솔자의 골입니다
이렇듯 하나라도 틀리거든 죽여 주옵소서.

사또 잠자코 있더니 그 손이 참 옹좌수라
당상에 올려놓고 기생을 불러 술을 권한다
옹좌수 흥을 내어 술잔을 받아들고
하마터면 아깐 세간 다 빼앗기고

이러한 술을 못 먹을 뻔하였네
성주께서 흑백을 가려 주셔서
은혜 백골난망이로다.

사또는 이제 실옹가에게 네가 흉계하여
남의 세간 탈취하려 하니 대곤삼십도(大棍三十度) 맹치하고
엄문 죄목하여 인제도 옹가라 하겠느냐
실옹이 생각하되 만일 옹가라 하다가는
곤장 밑에 죽을 듯하니
예 옹가 아니요 처분대로 하옵소서
실옹가 나와 빌어먹으면서 대성통곡한다
이게 꿈이냐 생시냐 어찌해야 한단 말이냐
무지한 고집쟁이 이제 개과하고 애통한다

허옹가 득송하고 의기 양양히 돌아온다
날이 저물어 원앙금침 펼쳐 놓고
실옹가 마누라와 동침하여 누웠다.
이같이 즐기다가 잠을 들어 한꿈을 꾸니
옹가 부인 자신이 낳은 허수아비가
무수히 날아다니므로
꿈을 깨어 보니 남가일몽(南柯一夢)이라

이즈음 실옹가는 세간 처가 빼앗기고
팔자 없는 곤장 맞고 죽장마혜 단표자로
공산중에 슬피 울며 만첩청산 들어가니
층암절벽에 백발도사(白髮道士) 높이 앉아
후회 막급하다. 하늘이 주신 죄를 수원수구(誰怨誰咎)하던가
실옹가 천방지방 도사 앞에 급히 나아가
합장 배례하며 공손히 하는 말이
이놈의 죄를 생각하면 천사(千死), 만사(萬死)라도 무석(無
惜)이라
명명하신 도덕하에 제발 덕분 살려 주오
당상의 늙은 모친 규중의 어린 처자 다시 보게 하옵소서

도사 하는 말이 천지간에 몹쓸놈아
지금도 팔십당년 늙은 모친 냉돌방에 구박할까
불도를 능멸할까 너 같은 놈은 응당 죽일 것이로되
너의 처가 불쌍한고로 방송하나니 개과천선(改過遷善)하라
이 부작을 몸에 붙이고 집에 돌아가면
전과 다름없을 것이니라
도사는 그 말을 하고 온데간데없다
실옹이 마음을 가다듬고 옛집을 찾아왔다
허옹가야 이제도 네가 옹가라 할 거냐
마누라 하는 말이 좌수님 저놈 또 와서 지랄하오

이럴 즈음 방에 있던 옹가는 간데없고
허옹가 새끼들도 허수아비 되어
방 가운데 집 한뭇만 놓여 있다.

실옹이 술법을 탄복하여 모친께 효성하고
불도를 공경하여 개과천선하니
차후 도승이 그 어짊을 칭찬하는 바였다.

판소리·25
─ 兩班傳

士族에 대한 존칭을 양반이라 하거늘
강원도 정선땅에 한 양반이 살고 있는데
매우 현명하여 글 읽기를 좋아하였다.

그러나
양반은 한뙈기 논밭도 가진 바 없어
살림이 궁색하기란 말할 수 없다.

관가에서 빌려주는 환곡을 타다 먹었는데
한 번도 갚지를 못하고 해를 거듭하니
어느덧 빚이 천 석에 이르렀다.

어느 날
관하 고을을 순행하는 관찰사가
환곡의 출납을 조사해 보고
「무슨 놈의 양반이기로 이렇듯 많은 양곡을 거저 먹는단
말이오?」

당장에 그 양반을 잡아들이라는
추상 같은 명령을 내렸다.

이 소식을 전해들은 양반은

밤낮으로 울고만 있었다.

아내가 그 꼬락서니를 보고
「이날 입때 영감은 글만 읽더니, 이제는 관에서 꾸어먹은
곡식도 갚지 못하는구료! 양반 양반 하고 끄덕이지만, 한푼
어치 못 되는 그놈의 양반 에잇 치사해!」한다.

건너마을에 문벌 없는 한 부자(富者)가 살고 있었다.
그 부자가 양반이 잡혀갔다는 소식을 듣고
뜻한 바 있어 장성한 아들들을 불러들였다.

「양반님네들은 아무리 가난해도 언제나 남에게 존대를 받
으며 영화롭게 지내는데 우리는 재물이 많건만 하대를 받으
며 천하게 살아야 하니 가슴이 미어지는구나」
큰아들 하는 말이
「양반 코빼기만 봐도 몸둘 곳 없이 굽실거리고 엎드려 절
하면서 설설 기어야만 되지요」

작은아들 참견은
「우리는 재물을 쌓아 두고도 밤낮 그 꼴이니 부끄럽고 창
피해서 어디 견디겠어요」

71

그 아비가 다시 입을 열었다
「보아하니 저 건너 양반이 몹시 간난해서 환곡을 갚을 길
이 없어 난처한 모양인데 그대로 가다간 양반 신세를 보전치
못할 것 같다만……」

작은놈이 다시 불쑥 하는 말이
「그놈의 양반 감투를 사버리지요」 한다.

「아버지, 우리가 대신 환곡을 갚아 주고 양반을 사버리면
거드럭거리고 살게 되겠어요?」 하며 큰아들이 맞장구쳤다.

부자는 부랴부랴 양반의 집으로 달려가
그 환곡을 갚아 줄 터이니
양반의 신분을 넘겨 달라고 흥정을 걸었다.

양반은 속수무책으로 잡혀갈 날만 기다리는데
'이게 웬 떡이냐?' 싶어 얼른 승낙하였다.

부자는 양반의 빚진 일천 석을 관가에 갚으니
어쨌든 양반이 죄를 모면하게 되었다.

이 고을 원님은 그 일을 치하하기 위하여

차비를 서둘러 몸소 양반의 집을 찾았다.

그런데 양반은 상사람이나 다름없이
벙거지에 잠방이 차림으로 뜰 아래서 엎드린다.

원님은 대경실색하여 빨리 내려가
양반의 손을 잡아 일으키며 웬일이냐고 한다.

양반은 더욱 송구함을 이기지 못하고
소인은 오직 황송할 따름이옵니다.
실은 제가 '양반'을 팔아서 환곡을 갚았나이다.
이제부터는 건너마을 부자가 양반이 되고
소인은 영감을 뵈올 수도 없는 상사람올시다.

이 말을 들은 원님은 잠시 생각하더니
「그 부자야말로 군자요 양반이로다.」
「재물이 많아도 인색치 않으니 의(義)가 있음이요, 남의
딱한 사정을 돌봐주었으니 인자함이요, 비천함을 미워하고
존귀함을 숭상하니 슬기로움이며, 이런 사람이 참된 양반이
로다.」

관가로 돌아온 원님은 호방을 불러

정선군내 사는 양반·농민·장인·장사치 등을
모조리 불러들이도록 하였다.

관가 넓은 뜨락에 모여든 모든 사람에게
원님은 이제부터 '양반매매증서'를 만들어
선포하여 놓고 그 증서는 이러하였다.

건륭(乾隆) 십년 구월 모일에 이 문서를 만드노라
환곡을 갚고자 몸을 굽혀 양반을 팔았으니
그 값이 쌀 천 석이라.

본디 양반은 여러 말로 부르는데
글만 읽는 양반을 선비라 하고
덕이 높은 양반을 군자라 하며
무관은 계급에 따라 서반에 늘어서고
문관은 서열을 좇아 동반에 차례로 서는지라
이를 통틀어 양반이라 일컫는다.

여기에 양반을 사들인 자는 제 뜻에 따라
東·西 두 班 중 하나를 선택하여
결코 비천한 언동을 하지 말지며
옛사람의 높은 행적을 본받아 이를 따를지어다.

위선 오경(五更)이면 자리에서 일어나 불을 밝히고
  얼음 위에 조롱박을 굴리듯 동래박의(東萊博義)를 줄줄 읽
어야 한다.

굶주림을 참고 추위를 견뎌내야 하며
탕건이나 갓은 소매로 슬슬 문질러 먼지를 떨고 쓰며
세수할 때는 세게 씻지 않고 양치질은 두어 번 한다.
걸음은 점잖은 팔자로 신은 가볍게 끌어야 한다.
손에 돈을 쥐지 말 것이며 쌀시세를 묻지 말고
아무리 더워도 버선을 벗지 못하며
밥상 앞에서도 반드시 의관을 갖추어야 한다.

국물을 마실 때 훌훌 소리 내어서는 아니 되며
젓가락질을 절구질하듯 소리 내어서는 안 되며
담배를 피울 때도 불이 꺼지도록 빨아서는 안 된다.

아무리 분하여도 아내를 때려서는 아니 되며
홧김에 기물을 발로 차서도 아니 되며
노비를 꾸짖을 때 '죽일놈, 죽일년같으니' 하고
상스런 욕설을 하여서는 아니 된다.

집안에 병이 나도 무당을 부르지 말 것이며

제사를 지낼 때 중을 불러 제를 올려서는 안 되며
남과 이야기할 때 침이 튀어나지 않아야 하며
소를 잡지 못하며 돈노름도 해서는 안 된다.

그런 후 성주인 정선 원님이 문서 끝에 이름을 쓰고
좌수(座首)와 별감(別監)이 증인이 되어 이름을 써 넣었다.

이어서 통인으로 하여금 도장을 찍게 하니
그 소리는 마치 엄한 영을 내리는 북소리와 같고
밤하늘에 별이 널려 있는 것 같다.

호장(戶長)이 다시 증서를 읽어 주니
양반을 사들인 부자가 한숨 쉬며 뇌까린다
「허허? 양반이 단지 요것뿐이오? 나는 양반은 신선 같다
고 들었기에 천 석이나 많은 재물을 서슴지 않고 내놓았는데
나에게 좀더 이롭도록 고쳐 주소서.」

이에 원님은 부자의 행실을 찬하여
조목을 덧붙여 '양반매매증서'를 고쳐 주었다.

하늘이 백성을 네 가지로 별러 내었으니
이 가운데 가장 으뜸 되는 것은 '선비'라는

막대한 이로움을 지녔느니라.

몸소 농사를 짓거나 장사를 하는 일이 없으며
대충 글을 읽히면 크게는 文科에 급제하고
적어도 진사는 되느니라.

문과에 급제하면 홍패(紅牌)를 받는데
이것만 있으면 무엇이든 갖출 수 있으며
그야말로 돈자루나 다름이 없는 바이다.

그리하여 귀밑털은 일산 바람에 희어지고
배는 노비들의 긴 대답 소리에 먹지 않아도 불러진다.
방 안에는 화분을 들여서 기생으로 삼고
뜨락에는 학을 길러 우짖게 하느니라.

선비가 군색하여 낙향을 할지라도
이웃 소를 빌려 자기 논밭을 먼저 갈게 하며
동리 사람들로 하여금 김을 매게 하고
만약 양반을 업신여겨 말을 듣지 아니할 때
그놈의 코에다 잿물을 부으며
상투를 잡아매고 수염을 뽑는다 해도
감히 원망조차 못하느니라.

호장이 여기까지 읽어 내려가자
부자는 갑자기 손을 내저으며 아이고 맙시다.
「그만들 두시오 ! 참으로 맹랑한 것이로구려 ! 나으리들
은 나를 도둑놈으로 만들려고 하는구료 ! 」
그러고는 벌떡 일어나서
머리를 회회 흔들면서 달아나 버렸다.

그는 죽는 날까지도 아예 '양반'이란 말을
입 밖에 내지 않았다고 한다.

판소리·26
— 장끼전

하늘과 땅이 있으므로 만물이 번성하며
귀한 것은 인생이요, 천한 것은 날즘생 길즘생이다.

꿩의 화상을 보면은 의관이 五色이요
산금야수로서 낙락장송을 정자삼고
上下坪田 들 가운데 퍼진 곡식 주워먹고 산다.

만일 관포수에 잡혀가면
귀한 손님 음식상에 올라가고 사령기에 달아 쓴다.

장끼의 치장을 살펴보면 초록궁초 깃을 달고
천연색깔 옥관자에 만신풍채 자랑한다.

까토리 옷은 잔누비 속저고리 폭폭이 누벼 입고
아홉 아들 열두 딸년 앞세우고 뒷서간다.

장끼·까토리 일포식도 재수라고
난데없는 붉은 콩 한낱 덩그렇게 놓여 있다.

장끼 하는 말이 어허 그 콩 소담하다
하늘이 내린 복을 내 어이 마다하리.

까토리 하는 말이 설상(雪上)에 유인하니 수상한 것은
다시 살펴보니 비로 쓸어 놓았으므로 그 콩 먹지 마소.

장끼는
동지 섣달 설한이라 눈이 첩첩 쌓였는데
천산만경에 발길이 막혔으니 네 말이 무심하다.

까토리는
사기(事機)는 그럴듯하나 간밤에 꿈을 꾸니
大不吉하온지라 자량처사 하옵시오.

장끼는
그 꿈 염려 마라 춘당대 알선과에 장원하여
어사화(御賜花)를 머리에 꽂고 장안에 왕래할 꿈이로다.

까토리는
계명시에 꿈을 꾸니 청산녹수에 노니다가
난데없는 청삽살이 입에 감겨 상복 입을 과부로다.

장끼는
저 간나윗년 지 서방 놓아 두고 타인 놈 즐기다가
그런 꿈 다시 마라 앞정갱이 꺾어 놀라.

까토리는
기러기 북극에 울어예는 나름은 장부의 조심이요
그대 백이숙제(白夷叔齊) 같은 군자의 본을 받아 그 콩 먹
지 마소.

장끼는
콩 먹고 다 죽을까? 고서에 콩태(太)자 든 이마다 오래 산다.
太古에 天皇氏 太皐 伏羲氏 한나라 唐太宗 窮八十 姜太公
詩中天子 李太伯은 백수를 다하였다.

까토리는
장끼 낭군 거동 보소 콩 먹으러 들어갈제
조심히 고개 노려 반달 같은 혀뿌리로 꽉 찍으니
머리 치는 소리 버금수레 마치는 듯 푸드득 치었다.

저런 광경 당할 줄 몰랐던가 숫놈이라고
기집의 말을 안 들어서 패가망신하네.

까토리 또한 하는 말이
공산야월 두견성은 슬픈 회포로다.
통감에 이르기를 독약이 고구(苦口)에 병이라니
자네도 내 말 들었으면 저런 변 당할쏘냐

우리 양주 좋은 금슬 눌더러 말할쏘냐.

장끼는
돌 밑에 업대어서 에라 이년 요란하다
후환을 미리 알면 산에 길이 뉘 있으랴
사람도 죽기를 맥으로 안다 하니 맥이나 짚어 보소

까토리는
비위맥은 끊어지고 간맥은 서늘하고
눈동자가 흐려지고 영낙없이 황천객이니
내 팔자 이다지 기박한가, 상부도 자주 한다.

첫째낭군 얻었다가 보라매에 채어 가고
둘째낭군 얻었다가 사냥개에 물려 가고
셋째낭군 얻었다가 포수에게 맞아죽고
이번 낭군 얻었다가 금슬도 좋거니와
아홉 아들 열두 딸년 낳아 놓고 남혼여가 채 못하여
구복(口腹)이 원수로다 콩 하나 먹으려다 돌에 치였으니
도화살을 가졌는가 이내 팔자 험악하다
울림초당 너른 뜰에 백년초를 심어 두고
삼 년이 못 지나서 이별초가 되었구나
명사십리 해당화야 꽃 진다 한을 마라

너는 명년 봄에 다시 오지만 이 몸은 미망일세

장끼는
자네 말 듣지 않고 역행했던 내가 실수네
내 죽는 것은 확실하니 너무 설워 마소
나를 굳이 보려거든 명일 일즉 차위 임자 따라가면
김천장에 팔렸거나 수령도 관청고에 걸렸거나
봉물(封物)집에 앉았든지, 사또 밥상에 오르든지
아니면 혼인집 폐백 건치(乾雉) 되리로다
내 얼굴 못 보아 설워 말고 정열 부인 되옵소서
아래 곱패 버티고 위 곱패 당기며 기를 쓰나
살 길이 전혀 없고 털만 쑥쑥 다 빠지네

이때
돗 놓은 탁첨지는 지팡막대 걷어잡고
지화자 좋을씨고 콩 하나 먹으려다가
녹수청산 놀던 너를 내 손으로 잡았구나
아까 놓은 저 돗 위에 까토리마저 치옵소서
태백산 갈가마귀 북악을 구경하고
허기 만나 요기차로 까토리께 조상(弔喪)하고
그 친구 붉은 콩 하나 못 참아서 비명횡사한단 말가
가련하고 불쌍하다. 까토리 마누라 들어 보소

오늘 여기 와서 삼물조화(三物造和) 맞았으니
꽃 본 나비 불을 세아리며 물 본 기러기 두려할까?
그 형체와 내 가문 그대 알 터이니
우리 둘이 자수성가 백년동락(百年同樂) 어떠한가

까토리 한숨짓고 아무리 한들 삼년상도 못 마치고
개가(改嫁)하여 가는 법은 뉘 예문에 보았는가
여필종부라 하였으니 임마다 따라갈까.

이때
부엉이 들어와 조문 후 가마귀에게
몸뚱이도 검거니와 부리도 고이하다
어른이 올 때에 일어나지도 아니하고 은연히 앉았느냐

가마귀 노하며 이 완만한 부엉아
눈은 우뚝하고 귀가 쫑긋하면 어른이야
내 몸 검다 웃지 마라 거죽은 검으나 속조차 검을쏘냐

외기러기 운간에 떠돌다가 너이 무슨 어른이냐
한나라 소자경이 북해상에 19년을 갇혔을 때
고국 소식 모르기에 편지 일장 내 손으로 바쳤으니
내가 먼저 어른이다 너이가 무슨 어른이냐.

이때 물오리 일곱 번 상처하고 남녀간 혈육 없이
까토리 신부 계신가 오리 신랑 들어가네

까토리 울다 하는 말이 아무리 과부가 만만한들
궁합도 아니 보고 억혼을 하려 하뇨.

오리 하는 말이 과부 홀아비 만났는데
예절 보고 사주 볼까. 신랑신부 둘이 자면 합궁이라.

까토리 웃고 대답하길 자네는 음흉한 말 제법 하네
수궁생활 좋다 한들 육지 생에 당할쏘냐

그 곁에 조문 왔던 장끼는 썩 나서며 하는 말이
이 몸 한거한 지 삼 년인데 마땅한 혼처 없더니
그대 과부 되자 천정배필 만났으니
우리 둘이 짝을 지어 백년해로 하리로다.

까토리 하는 말이
죽은 낭군 생각하면 개가하기 박절하나
오늘 그대 풍신 보아하니 수절할 마음 전혀 없고
장끼 신랑 따라감이 의당한 상사로다
까토리

새낭군과 아홉 아들 열두 딸년 앞세우고
뒷서서 운림벽계(雲林碧溪)로 돌아가서
자웅이 쌍을 지어 명산대천 노닐다가
시월이라 십오일에 가시버시 물에 들어가
조개 되었으니 세상 사람들이 이르나니라.

판소리·27
― 興夫傳

충청·전라·경상도 경계선에서 사는
여생원이라는 사람이 아들 형제를 두어
형은 놀부요, 아우는 흥부라.

한어미 소생으로 현우가 판이하여
흥부는 마음이 착하고
동기간 우애와 효행이 지극하다.

놀부는 심술이 궂고 오장이 칠부라고
부모에게 불효하고 동기간에 반목하여
각씨치기, 우물에 똥누기, 잔칫상에 재뿌린다.

놀부는 상속받은 많은 재산인데도
흥부 가솔들이 먹고 사는 것을 보기 싫어
흥부네 식구들을 쫓아내고 만다.

흥부는 아내와 어린 것들을 거느리고
지향 없이 문을 나서 건는산 언덕 밑에
움을 파고 수숫대 띠집을 짓게 된다.

오막살이에 일신을 붙여 누우니
지붕마루에 별이 뵈고 벽 밖으로 발이 나오고

문 밖에 세우 오면 방안은 굵은 비 오고
앞문은 살이 없고 뒷문은 외만 남아
동지섣달 설한풍이 살 쏘듯이 들어오고
어린 자식 젖 달라고 밥 달라니 이 설움 못살겠다.

흥부는 자식 새끼들과 닷새 동안 굶주리다
놀부 형님한테 찾아가서
우리 식구를 좀 살려 주시오 염치없이 찾아왔소.

놀부는 이 소리를 듣지도 않고
어서 썩 나가라고 맹호같이 날뛰며
도끼자루로 안 죽을 만치 두들겨패다.

만신창이 된 흥부는 형수님한테
인사나 하고 가려고 부엌으로 가
막 인사를 하려니 밥 되는 냄새가 코를 진동하여
형수님 우리 가솔들을 좀 살려 주라고 하니
밥을 푸다 만 주걱으로 흥부 뺨을 후려갈기므로
흥부는 밥알을 뜯어먹으며 이쪽도 때려 달라고 한다.

끄니를 일삼고 세월을 한탄하는데
대망(구렁이)이 흥부집 처마에 살던 제비 새끼들을 잡아먹

는데
  유독 한 마리가 피하려다 떨어져 다리가 부러졌다.

  흥부는 마치 자기 새끼들처럼
  그 제비 다리를 정성들여 보살펴 주었다.
  이듬해 어느 봄날 !
  그 제비가 찾아와 박씨를 떨구어서
  흥부는 그 보은박씨를 정성들여 가꾸었다.

  한가위 전날 흥부 부부는
  박 속이라도 타서 차례를 지낼 양으로
  슬근슬근 톱질이야 당기고 밀치어 툭 타노니
  오색 채운이 감돌며 청의동자가 나온다.
  만병통치 갖은 약과
  세간살이, 장식품은 물론이요
  비단, 화첩, 의류가 마구 쏟아져 나온다.

  보은박 또 한 통을 쏙각 타 놓으니
  순금궤에 금거북, 황금자물쇠
  백금, 오금, 십상, 산호, 진주가 가득 채워 있다.

  슬근슬근 톱질이야 세 통째 당기어 주소서

이번에는 목수들과 각색 곡식이 나오고
안방, 대청, 향랑, 곳간, 누각, 대궐을 지어 놓았다.

마지막 한 통을 타고 보니
여화 알미인이 나와 홍부에게 예수하거늘
저는 용궁 선녀로서 강남국 제비왕이
날더러 그대 부실이 되라고 하여서 왔소이다.

이리하여
고대광실 좋은 집에 처첩을 거느리고
향락으로 세월을 보내고 있는 터에

찢어 죽여도 죄가 안 풀릴
심술이 고약한 놀부가 이 소식 듣고
홍부네 집에 와 어디서 도적질했느냐고 고함을 친다.

홍부는 놀부 형님한테 정중히 꿇어앉아서
자초지종 제비 다리를 꿰매주고
보은박을 물어 와서 이렇게 되었다고 했다.

홍부한테서 화초장 하나를 얻어 온 놀부는
자기 집 처마에 살고 있는 제비 발목을 분지르고

불쌍하다 어떤 몹쓸 대망이가 네 발목을 분질렀나 한다.

이듬해 봄이었다.
발목 분지러진 제비가 여지없이 찾아와서
보수박씨 한 톨 놀부에게 던져 주었다.

놀부 좋아하며 택일을 받아 박씨를 심으니
그날로 순이 돋고 삼일 만에 덩굴이 뻗는데
줄기는 배 돛대만하고 박잎은 고리짝만하다.

박이 익어 딸 만하니
놀부는 온 동네 사람 불러모아
제사 음식 차려 놓고 개 잡아 풀어놓는다.

열 통이 넘는 박을 탔으나
단 한 통도 이득 없이
환란과 재앙만 당하였다.

그만두자는 마지막 한 통이다
놀부는 이게 틀림없이 황금박으로 알고
놀부 부부는 힘주어 탔으나 누런 똥이 쏟아져 나왔다.

놀부놈 때문에 똥벼락을 맞은 동네 사람들은
"놀부야 듣거라, 네가 본래 부모에게 불효하고
형제간 불목과 일가에 불화하고
다만 재물만 아는 도적보다도 몹쓸 짓을 하다가
환란이 첩출하여 패가망신하니
그는 네 죄가 너무 심하여 그러니라."

이때에 흥부가 이 소식 듣고
놀부 양주와 조카를 말과 교좌에 태워서
제 집으로 데려와 의복, 음식을 한결같이 공양하니
놀부 같은 몹쓸놈도 흥부의 어진 덕에 감동하여
전일을 회과하고 형제 서로 화목하여
흥부 내외 부귀다남하고 팔십 향수하였다.

판소리·28
―裵裨將傳

구관 사또 전출되어
이를 모시는 정비장은
애랑의 욕정을 다 못 채우고
홀홀 벗겨 떠나간다.

신관 사또 부임하자
결백한 듯 정직한 듯
한양에서 보필하는 배비장이
2천리길 제주도에 동임한다.

신·구 환송식에서
배비장이 내세운 도덕성은
열흘이 채 못 되어 허물어지고 만다.

어제까지 올곧은 절개를 말하였으나
한라산 화전놀이에서
요염한 애랑의 자태에 홀딱 반해 버리고 말았다.

배비장은 방자를 불러
애랑에 대한 열정을 실은
사랑 편지를 전하였다.

애랑한테서
잡힐 듯 놓칠 듯이
아리숭한 회답이 왔다.

달빛도 저문 영시를 기해
애랑의 침실을 찾은 배비장은
애무하기 전에 추적을 당하고 만다.

애랑의 도움으로
나무 금궤에 피신하고 있다.

그러나 관원은
나무 금궤에 숨어 있는 배비장을
물에 빠뜨리려다 타인에게 팔아 넘긴다.

다음날 배비장은 부상에 뜨는 해도 모르고
목숨만 살려 달라고 외치는 바람에
거북쇄를 끌러 주니 나체로 허둥대고 있다.

이것이
겉과 속이 다른, 아침과 저녁이 다른
인간의 양면성이요 허울이라 하겠다.

판소리·29
―李春風傳

부유한 가정에 조동 버릇으로 자란 춘풍은
일시에 양친이 죽어가므로
방탕과 무절제로 가산을 날려 보낸다.

글공부를 외면하고 매일같이 취하여
도박과 외입잡기를 일삼아서
태산 같은 재산을 탕진하고 있다.

가세가 기울어져 끄니를 갈망하는 처는
동네 삯품 바느질 등 어찌어찌하여
밥이라도 먹게 되니 다시 아내를 졸라댄다.

부모 조업 누만큼을 주색에 다 없애고
각서를 쓰던 이춘풍은 아내에게 내던지고
집안 재산 다 털어 평양 장삿길에 오른다.

평양에 온 이춘풍은 장사에 뜻이 없고
추월이 자태에 홀딱 반해 버린다.

추월·춘풍 한몸 되어 몇 개월 속삭이다
2천5백 냥 구름에 흘러보내고
추월이 무릎 밑에서 물 긷는 사환 되었다.

소식을 들은 춘풍의 아내는
슬픈 한을 품고 이웃 참판댁에 정성들여
평양감사 가는 길에 비장으로 함께 간다.

함께 온 춘풍 아내 평양감사께 여쭙고
춘풍·추월을 잡아들여 형틀에 매어 놓고
수십대 곤장으로 다시 기천 냥을 춘풍에 환원한다.

허황하게 빨려든 남정네들의 속성을
리얼하게 펼쳐 놓은 이춘풍의 아내는
한국에서만이 부르는 현모양처이다.

판소리·30
—두껍전

지리산 끄트머리 불쑥한 산 밑에
섬진강이 흐르고 그 변방에서
서로 잘난 짐승들이 경연잔치를 벌이었다.

구름으로 차일삼고 산세를 병풍삼아
잔디로 포진하고 외철쭉 두견화는
새로이 피어 있고 각색 방초가 가득하다.

뿔 가진 사슴·요망한 토끼·열없는 승냥이
방정맞은 잔나비·요괴한 여우·빛좋은 오소리
거칠한 고슴도치, 드디어 어룽더룽한 두꺼비다.

저마다 개성이 다른 짐승들 모이므로
무례하다 하여 좌상 정할 것을
토끼가 먼저 건의했다.

이때 노루가 펄쩍 뛰어나와
내가 허리가 굽었으니 상좌에 앉을란다.
또한 여우가 천지개벽 후 황하수 치던 때
날더러 힘세다 하니 내 나이 많지 않으리오.

노루·여우 서로 거짓말로 나이 많은 체하니

두꺼비 곁에서 조용히 듣는 척하더니만
건너산 고양나무를 보고 눈물만 짜고 있다.

내 소년 때에 저 나무 세 그루를 심어 놓고
한 주는 맏아들 별 박는 방망이로 베고
한 주는 둘째놈 황하수 칠 때에 베어서
그 나무 베인 동태로 두 아들이 다 죽고
다만 저 나무 한 주와 내 목숨만 남았으니
천명으로 이때까지 살아서 과연 슬프도다

섬동지 하는 말이 내 턱 밑에 벌덕거리는 것은
너희들이 어른을 몰라보니 분을 참노라고 그러며
이번 수연잔치에 각색 짐승들이 참여하여
즐긴 바 뉘 능히 부족다 하리오 하고
두껍 좌상이 펄쩍 뛰어나와 이를 마치었다.

판소리·31
― 대금(大笒)

필피릴리 필피릴리
약간 높게 여리게
슬슬이 흘러나오는 피리소리

삼금(三笒)의 하나로
그 가운데서 제일 크며
열셋의 구멍으로 절절이 흘러나온다.

小笒 같은 세피리에서 가늘게 떨리고
中笒 같은 옥피리에서 진폭이 커지면
大笒 같은 넓은 음역으로 음정을 잡아 준다.

그러다 보면 당피리까지 조화시켜
둘째구멍이 뒤에 뚫린
우리의 고유한 향피리로 읊게 한다.

판소리·32
—아쟁(牙箏)

아쟁으로 줄을 타면은
허튼 소리는 명멸해 가고
바늘귀만한 음이 되어 들려 온다.

개나리나무로 만든 활로
7현을 긁어내리면
아스라히 흘러나오는 아쟁소리

그 소리 초상(草床)에 올려놓으면
머리카락 흩날리며 돌아다니다가
창문 틈 사이로 흘러나간다

그러면
우리나라 악기 중 가장 저음 악기로
가냘프고 아담하게 소리낼 뿐이다.

판소리·33
—콩쥐 팥쥐

이조 중엽 전라도 전주에서 삼십리쯤 서문 밖에
최만중과 조씨 사이에 혈육 한점 없는데
이십여 년 치성으로 뒤늦게 옥녀를 낳았다.

귀엽고 바라던 아이라 손바닥의 보옥같이
불면 날까 쥐면 꺼질까 애지중지 사랑하여
귀공자나 다름없이 딸 이름을 「콩쥐」라 하였다.

그러나 「콩쥐」 백일 만에 엄마는 죽고
그래저래 14년간 커오는데 최만춘은
「팥쥐」라는 애의모 배씨 과부를 맞는다.

배씨 모녀는 최씨 가문에 들어오면서부터
「콩쥐」 잘못된 것을 일구월심 빌고
해서 안 되는 터무니없는 일들을 시키고 있다.

「콩쥐」에게 나무호미를 주어 자갈밭을 매라 하니
몇 번 매다가 목이 부러져 슬피 우니
검은 소가 쇠호미와 과일을 주어 바로 매었다.

「콩쥐」는 그 과일을 들고 와서 부모에게 고하니
배씨 계모는 부처에 놓은 제물이라 하여

어느 중놈과 정 통하였다고 모략한다.

어느 날 구멍 뚫린 항아리에 물을 채우라 하니
빈 동이 밑에 두꺼비가 들어가 막아 줌으로
물을 가득 채운 일로 계모는 더욱 학정된다.

하루는 「콩쥐」 외갓집 잔칫날에
계모 배씨는 「팥쥐」를 데리고 나가며
짜던 60자 배와 겉피 3섬을 말려 놓고 오라 한다.

외갓집에 가지 못한 「콩쥐」는 슬피 울고 있는데
어느 예쁜 여인이 찬란한 비단옷을 입고 내려와
잠시 배를 다 짜고 비단옷과 신을 주고 승천한다.

그러나 겉피 3섬 위에는 새들이 모여 놀더니
「콩쥐」의 슬픔을 가긍히 알고
한 톨도 먹지 않고 부리로 다 까고 날아간다.

「콩쥐」는 그 비단옷과 신을 신고 외갓집에 가는데
뒤에서 오는 감사 행차에 신 한 짝을 물에 빠뜨렸다.
바로 감사 도임길에 윈 여자 신이 물에 빠져 있어
그 신을 건져 오라 하여 주인을 찾게 하였다.

잔칫집에서 신을 찾고 외삼촌과 함께
관차를 타고 삼문 앞에서 대령하니
김 감사는 서기 어린 「콩쥐」에게 청혼을 한다.

감사와 결혼하여 행복한 나날 속에서
어느덧 후원 정경을 그리며 연꽃을 보고 있는데
「팥쥐」가 나타나 유인해서 연못에 빠뜨린다.

마음이 곧고 착한 「콩쥐」는 그 연꽃이 되어
요사하고 잔악한 「팥쥐」의 죄상을 심판하고
이승으로 돌아와 다시 김 감사와 백년을 해로하다.

판소리·34
― 변강쇠타령

평안도 월경촌에 옹계집이 하나 있어
얼굴은 봄에 피는 도화같이 옥빈에 어리었고
초생의 지난 달빛이 아미간에 비치었으니
사주에 청상살이 겹겹이 쌓여 과부 면키 어렵다.

열다섯에 얻은 서방 첫날밤에 급상환하고
열여섯에 얻은 서방 당창병에 여의었고
열일곱에 얻은 서방 용천병에 죽어갔고
열여덟에 얻은 서방 벼락에 맞아 죽어
열아홉에 얻은 서방 천하대적 포청에 가고
스무 살에 얻은 서방 비상 먹고 죽어가니
서방이 퇴가 나고 송장치기에 신물난다.

이러한 청상살은 많은 남자를 쓸어 가니
황평(黃平) 양도 사람들은 공론하기를
이년을 두었다간 도내 ×단놈 없이 여인천국 하겠다.

양도(兩道)가 합세하여 이년을 쫓아내니
이곳이 아니면 삼남에서 살기가 더욱 좋다 하고
옹녀는 닭의 우물 청석관에 당도한다.

이때 변강쇠라는 난봉꾼이

삼남에서 빌어먹다가 황평 양서로 가는데
청석골 좁은 길에서 변·옹 둘이 꽉 만났다.

변강쇠와 옹계집이 눈에 맞어
천생배필로 지리산에서 합궁하니
두 몸이 한몸 되어 장장 사랑가뿐이다.

강철같이 굳고 고집이 센 사람이라도
건강 앞에선 무기력한 것이요
사랑의 열정도 무의미하다.

변강쇠 장승을 패어 뗄감으로 사용하니
동티가 나서 갖은 병이 침범하여
한 달 열아흐레 꼭 49일간을 앓다 죽었다.

그를 장사 지내려고 행인들을 불렀으나
그때마다 시체에 달라붙어 죽으니
고사를 지내고 마침내 송장을 끌어내었다.

정도를 떠나 순리가 존재할 수 없듯이
인간의 정욕을 색정으로 푸는 것은
한갖 가루지르기 타령이라고나 하겠다.

판소리·35
— 장화 홍련전

세종대왕 시절 평안도 철산군에
효성이 지극하여 백옥 같은 두 낭자가
계모의 흉계에 억울하게 죽어갔다.
배 좌수와 장씨에 오래도록 자녀가 없었는데
하루는 꿈에 하늘에서 내려온 선비로부터
한 송이의 꽃을 받으려 할 때 광풍이 일고
그 꽃 선녀 되어 부인의 품속으로 들어온다.

몽사를 받은 부부는 뜻을 기꺼이 하고
장미처럼 아름다운 장화·홍련을 낳았다.

그러나 장화는 7세요 홍련이 3세에
불치의 병으로 모친을 잃고 슬픔에 쌓인다.

배 좌수는 후사를 생각하고 계모 허씨를 얻어
아들 삼형제를 두었으나
매사에 시기·모해가 많은 허씨였다.
큰아들 장쇠를 시켜 큰 쥐를 잡아와서
튀해 피를 바르고 낙태한 모양같이 하여
장화 자는 방에 들여 감쪽같이 도모했다.

허씨 흉간의 꾀임에 빠져든 배 좌수는

장화를 불러 밤중에 외삼촌집에 다녀오라 하고
장쇠에게 연못에 밀쳐 죽이라고 하였다.

연못까지 실려 온 장화는 비통한 소리로
쓰라린 애간장을 굽이굽이 녹이며
치마를 무릅쓰고 푸른 물에 몸을 던졌다.

이때 장쇠란 놈 말고삐를 막 돌리려 할 때
찬바람과 일광이 무색하여 큰 호랑이 내려와
두 귀와 한 팔·한 다리를 떼어먹고 사라진다.

장화는 이팔청춘 꽃다운 시절에
불측한 누명을 입고 천추원혼 되었는데
홍련이 또한 계모 흉계에 젖지 않기 위해
유서를 남기고 형이 빠진 못으로 뛰어들었다.

장화 형제의 애원한 한이 구천에 사무쳐
새로 자원하여 부임한 정 부사가
배 좌수와 흉녀 허씨를 잡아들였다.

장화·홍련이는 계모의 원혼이 되어
성품이 강직한 부사에게 흉계를 사실대로 알려

일월같이 밝은 지혜를 바란다고 하였다.

부사는 그 낙태한 것을 배를 가르라 하니
그것은 한갓 쥐똥만이 나오므로
흉녀 허씨의 죄상 백일하에 드러났다.

허씨는 능지처참을 당하고
그 아들 장쇠는 사형을 시키고

장화·홍련은 향내 그윽한 못에서 건져 내어
묘를 마련하고 혼백을 신원하여 비를 세웠다.

제 아비는 방송하여 다시 윤씨를 얻었으니
거기서 낳은 쌍둥이는 꼭 장화·홍련과 같이
다시 환생하였다고 한다.

판소리·36
―아니리

소리 물결소리 마찰소리 판소리
그중에서 잠깐 쉬었다가
접속사로 불러 보는 소리광대

소리와 소리 사이에
곡조를 붙이지 않고
이야기하듯 극적 줄거리를 설명하고 있다.

판소리에서
소리보다 아니리에 치중하는
아니리 광대가 있고

긴 이야기를 북장단에 맞추어
광대 혼자 몸짓을 섞어 가면서
일정한 대사와 소리로 엮어 나가는 광대소리.

이것을 통틀어
우리 민족 고유의 극적인 노래
판소리의 아니리라고 한다.

판소리·37
— 거문고

선비의 기개를 벽오동으로 삼고
장부의 마음을
사랑방에서 거문고로 다져 간다.

공명판 오동나무 위에 여섯 줄을 걸어
슬대로 튀겨 소리를 내는데
고구려 때 왕산악이
중국의 7현금을 개작하였다 한다.

현금 소리가 깊고 무거워서
요철(凹凸)을 상징하듯
남성적 현악기라 하고

그 소리 울릴 때마다
팅팅 터덩팅 터덩팅 팅팅
남정네의 올곧은 심장으로 튕겨진다

판소리·38
― 가얏고

흰 저고리 붉은 치마 단정히 갖춰 입고
규중의 아낙네 사랑놀이는
짐짓 가얏고의 노랫소리어라.

오동나무로 된 긴 울림통 위에
열두 가닥의 줄을 세로 매고
가야금을 튕길 때마다 청조새가 울고

기러기발로 버티어서
섬섬옥수 고운 손결로 가얏고를 탈 때마다
뭇 사내들의 애를 녹인다.

땅 땅 땅땅 띠디딩 땅땅
선과 율이 천연스럽게
아녀자의 진(眞)·선(善)·미(美)로 흘러 나간다.

판소리·39
—상쇠

열두 발 상모를
휘휘 내둘러

궂중패 칠자굿
상쇠 놀음과

두레패 걸궁패
꽹과리로 춤을 추면은

그중에서 제일가는
전체를 이끄는 상쇠잡이다.

판소리·40
—징

중용의 도를 가지고
중심 사방팔방을
웅장하게 울리는 종

올의 한쪽에 구멍을 둘 내어
끈을 꿰고 채로 쳐서
소리를 낸다.

대아같이 둥글게
놀이 한마당을 조화시키는
쟁소리가 퍼진다.

판소리·41
—설장구

오른손 채로 말가죽을 치고
왼손 설대로 소가죽을 반주하며
오동나무통을 명쾌하게 울리고 있다.

덩덩 더덩구 더덩 더덩구
상장구·부장구·목장구·수장구
장구가 여럿일 때 우두머리 장구잡이

농악에서 장구잡이가
춤과 곁들어 다양한 가락과
묘기를 보이는 장구놀이

들녘을 휩쓰는 화려한 우도농악과
산천을 흔드는 담백한 좌도농악이
혼과 넋을 어우러 놓고

한 치의 허튼 것 없이
신명이 난 설장구의 오묘한 장기에
관객의 고개도 신명나게 끄덕이고 있다.

판소리·42
―북

둥둥둥
북을 울려라

바다 끝까지
자연 공간에
한없이 메아리치는 북소리

우는 아이를 때리면 더 크게 울고
북은 칠수록 소리가 난다.

좋은 일을 하면은 할수록 신이 나고
북은 치면은 칠수록 맛이 난다.

북을 메고
둥글게 둥글게
원을 그리며 북소리나 내어 보자.

판소리·43
— 소고놀이

농악의 판굿에서
너름새로 피어 간다.

전라우도 농악에
소고잡이들은
고깔을 쓰고 춤을 춘다.

때로는
좌도 농악에서 상모를 쓰고
상모놀이도 한다.

그때쯤
갖가지 재주 동작을 보이며
소고잡이들의 꽃놀이 마당을 이룬다.

판소리·44
— 동편제(東便制)

웅장하고 그윽한 소리가
호남의 동쪽에서 들려와
떠돌이 총각으로 불려진다.

위아래로 오르내리며
때로는 거세게 때로는 잔잔하게
흐르는 물결과 같이 한이 흐르고

운봉·구례·순창·홍덕 등지에서
일어나는 판소리는
동편제 우조가락으로 읊어진다.

어느 날 여명이 터오는 동산에서
떠돌이의 목소리가
파도같이 세차게 메아리쳐 오고 있다.

판소리·45
― 서편제(西便制)

부드럽고 애달픈 바람이
호남의 서쪽에서 불어와
그리운 소녀의 한으로 남게 한다.

인간의 한과 그 한이
자연을 통하여 수용되고
자연과 인간의 교감이 이루어지면은

사는 것이 한을 쌓고
한을 쌓는 것이
바로 사는 것이다.

애처롭고 한많은 소녀는
한 마리의 학이 되어
판소리를 내면서 훨훨 날아다닌다.

판소리·46
― 중고제(中高制)

떠돌이 총각과 한많은 처녀가
호남의 동쪽과 서쪽에서
소리꾼의 한을 풀어 놓았다.

웅장하고 그윽한 동편제와
부드럽고 애달픈 서편제를
아우러 놓고

경기도와 충청도에서
불어오는 판소리는
중고제 바람으로 일렁인다.

떠돌이 총각은 소리꾼이 되고
애처로운 소녀는 학이 되어
동편·서편·중고제로 판소리를 낸다.

제 2 부

고창의 찬가

고창(牟陽城)의 기원

양지바른 보리밭에서
청사를 무동꽃 세워
최초로 이름 붙인 牟伊扶曲縣

백제의 융성으로
찬란했던 불도는
牟陽扶利縣이라 했다.

三國을 통합한 나라는
고려를 이어주고
高敞縣이라 불렀다.

그러나 조선조로 들어와
해안 변방에 왜구의 노략이 심하여
1453년 단종 원년에 牟陽城을 쌓았다.

지금도
임진왜란과 日帝의 잔재가
도사리고 있는 한

의연한 고창 사람들은
잠시도 쉬지 않고 이 모양성에서
시퍼렇게 칼날을 세우고 있다.

고창의 찬가

1
맑은 하늘에 모양성길은
정기 높은 우리의 고장

나라가 위태로울 때 누구나 손을 잡고
의연하게 일어섰던
선비 많고 인심도 좋은

슬기로운 고창에서 고창에서 살으련다.

2
방장산에서 선운사에서
의인 많은 우리의 고장
정겨워라 판소리여 내 곁을 떠나지 마오

옛날 옛적에 사랑을 맺은
아름답고 그리운 사랑

슬기로운 고창에서 고창에서 살으련다.

牟陽城

1
청사를 이어온 성터에서
탄탄히 다져 둔 이끼 낀 돌을
머리에 이고 돌다가,

성 기슭 밟으며
서리서리 풀어놓는
여인네의 한이더냐.

싸움을 막는 사내들의
전적지였더냐.

2
추억을 지켜 온 端宗의 해에
알알이 익어 간 전설의 돌을
치마폭에 싸 날라다가,

성곽을 밟으며
액운을 풀어놓는
여인네의 한이더냐.

유비무환 다지는 나라님의
슬기이더냐.

모양성의 노래

1

보리밭 양지바른 봄날
고려말이냐 이조초이냐
수많은 학자들의 전설은
아름드리 이끼 낀 바윗덩이를
아낙네의 치마폭에 날라 쌓아
일백사십오의 史蹟 키워 왔다네.

호남에서 제일가는 牟陽城廓이
반십리 용허리 꿈틀거리며
삼월 윤달 돌잔치에 부녀자들
무병장수 다투어 가며 밟는 행렬이
고창의 牟陽城을 빛나게 하네
오백년 조상의 얼 되찾게 하네.

2

牟陽의 터전에 울창한 노송
오백년이냐 칠백년이냐
외곽 성길과 관광 산책은
역대 원님, 의사, 판소리 추모비와
공복루, 동헌, 문화재 보존하여
우람한 성벽 슬기 이어왔다네 !

남한산성 뛰쳐가는 高敵城廓이
반십리 열차로 기적 울리며
삼월 윤달 돌잔치에 아낙네들
불로장수 다투어 가며 밟는 행렬이
고창의 牟陽城을 빛나게 하네
오백년 조상의 얼 되찾게 하네!

모양성에 살으리

이른 봄날 두엄에서 무럭무럭 김이 솟는 것을 보고
쇠스랑으로 힘껏 떠서 논에 뿌린다.

사탕발림한 金肥가 아니고 단단한
밑거름으로 옥토가 되라고요！
그러면 아주 향긋한 흙냄새가 풍긴다.

별로 공해나 병충해도 타지 않는다
잎이나 대도 크고 왕성히 자란다.

공간 없이 꽉 채운 열매가 알차게 똑똑이 여문다.
풍성한 결실이다.

어느 누가 덜 되었다고 해도 나는 이 鄕土를,
이 열매를 면면히 지켜 나갈 것이다.

한평생을 다할 때까지
지금 牟陽村은 서른네 살！ 앞으로 한없이
이 모양성에서 살으련다.

안개 낀 모양성길

어둠을 가르고
드새는 새벽 다섯 시
모양성길에 오른다.

희미하게 비치어 오는
성곽 주변의 노송들

동리 국악당 앞에서
바늘귀만하게 보였던 모양성은
흔적없이 사라져 버리고

어두움에 눌리운 태양은
아직도 일러 뜨지 않고
고독한 표피로 이슬져 내린다.

지척을 앞에 둔 오늘 아침에도
어젯밤 울다 만 두견새가
가슴애피로 보채고 있다.

그런 날이면 언제나
모양성에 안개가 끼어서
답성객들의 불편을 마냥 주고 있다.

禪雲寺 바람소리

산봉우리마다
칠산 바닷바람이 사운대고

깊은 뜨락엔
동백꽃 내음 흥근한데

얼핏 그림자도 지나가는 듯
慧超의 발자국처럼
망울지는 추녀끝 풍경소리.

義雲國史·白坡律士·秋史의
해탈에 가슴 태우던 불길은
지금도 대낮 귀촉도 울음소리로
피를 토하는가.

덕석진 산새떼 지저귀는 듯
작설차 푸른잎 잎에
부서지는 봄볕에 눈부시고

짠물과 민물이
맞부딪치는 장수강에
풍천장어 등이 푸르러질 무렵

산에선 산딸기 몽우리가
햇살에 복분자 술기 같은
대낮을 삭이고 있다.

이따금 스쳐오는 바람자락은
선운사 도솔산에서
創建 톱질소리로 들려 왔다.

느닷없이 임진왜란
왜군들의 불지르던 고함소리로 몰려갔다.

6·25 참극의 피비린 내음 같은
숨결도 들려 오는 듯싶다.

시나브로 동백꽃이 떨어지는 시간
禪雲寺 입구 쪽에서
불어오는 狂亂의 노랫소리
지난날의 슬픔 압냥해 싹쓸어 오고 있다.

선운사 동백꽃

겨우내 칼날 같은
칠산 바닷바람 속에서도
안가슴 여미며 여미며
수절하더니
이제야 순정을 터뜨린 동백꽃.

한국의 최남단 동백꽃으로 피어
북상하던 길
북방 한계선인 선운사에 주저앉아
마지막 피어 버린 춘백꽃이 아니던가.

부처님 앞에 사랑을 기원하기 위해
사월을 찾아왔음인가.

선운산 이마에 동백 기름을 발라
태깔 자르르한 仙華境을 이룸으로인가.

大雄殿을 가슴에 품고
수놓은 병풍으로 에두른
천연기념물 동백꽃 숲

오늘도 이슬을 머금은

山寺의 서녘 노을이
사월의 추녀끝 풍경소리에 타는
춘백 꽃밭으로 눈부시다.

선운사 相思花

도승의
도포자락으로 선운절을 세우고
相思花는 그 옆에 혼백으로 피어라.

백제 위덕왕 24(577)년에
「의운국사」를 만나 절 짓기를 시작했고,
신라 진흥왕은 선운산에 잠시 들러서
꽃 같은 두 딸을 진흥굴에 머물게 하였다.

딸들은 동경의 넋이 되어
서로 사랑하는 사람들끼리
만나지도 못하고 죽어갔다.

아, 사랑에 불타는 너 相思花!

잎이 지면 꽃이 피고
꽃이 지면 잎이 피니
이승과 저승길이 몇만리라고 만나지 못하는가.

하늘도 숲도 쪽빛 고운 초가을 어느 날
그 한이 相思花로 피어
절간 앞에 영혼으로 남았어라.

선운사 동백연

서해에서 불어오는 바람은
선운산 계곡을 돌아
동백밭을 일구고 있다.

지난 깊은 밤
동백이 서리서리 녹아내려
춘백꽃으로 피고

장미빛 종달새는
5月의 도솔산을
우짖고 있다.

선운사를 에두른 동백숲은
백제 때 외치던 소금장사들을 위로하고

검단선사의 해맑은 웃음소리는
불량·잡패들을 일깨워 주고

무시로 춘백꽃이 피던 날
선운사 입구에서는
동백연을 연창하고 있다.

詩作 後記

나는 시집 《판소리》를 내면서 내가 자랐던 고향의 품속 같은 인정과 내가 놀고 지냈던 일들을 되새겨 본다. 누구보다도 샘이 많고 꿈이 어린 그 천진난만한 어린 시절. 정월 보름날(음 1월 15일)이면 언제나 동네 어른들이 마을 발전을 위하여 '一年之計는 在於春'이라고 이날을 택하여 가정마다 농악을 치고 다니면서 곡식을 얻어다 동네 창고에 쌓아 놓는다.

내 나이 여섯·일곱 살 때 그 걸궁패들을 따라다니면서 소고춤을 추었다. 어렸을 때의 기억이지만 고깔을 쓴 농악꾼들을 무척 부러워하였던 것 같다.

소고를 든 왼손은 자연스럽게 한 바퀴 휘 돌리면서 채를 든 오른쪽 손으로 탁 친다. 태극이 그려진 소고를 수없이 반복하면서 신명나게 춤을 춘다.

그런 후 연륜을 거듭하면서 한국 민속놀이와 전통 국악에 흠뻑 빠져 오늘 이러한 《판소리》 책을 내는가 모르겠다.

나는 무엇보다도 世界詩 硏究所 金永三 會長께서 수여하는 世界 黃金 王冠賞을 받고 현재 「흔脈文學」誌에 연작시로 내고 있는 〈판소리〉 詩를 金 會長께서 번역하여 美國 大學 등지에서 레포트 자료로 반영이 크다 하여 기쁘다. 한국 현 국립극장 소극장 창극 단장이시며 桐里 申在孝 선생 保存硏究會 會長이신 姜漢永 文學博士께서 친히 序文을 주셨고, 元老 詩人 未堂 徐廷柱 선생께서 《禪雲寺 바람소리》란 詩集에 10편의 〈판소리〉 詩를 일차 序文에 추천해 주신 바가 있어서 筆者는 이 고장의 桐里 申在孝 선생 保存 硏究會와 현 高敞 國樂協會 常任理事로서 더욱 정진을 하게 되었다.

옛날 국악이나 판소리 부분은 구 한문식 사설이나 가극체 고 시조로써 후진들에게 이해 못하는 난해성을 너무 많이 주므로 文字와 言語·語源이 날로 변천해 가는 오늘날, 현대식 詩語로 再照明해 보겠다는 필자의 평상 지론이었다.

그러므로 제1부 〈판소리〉는 46편이며, 또한 신재효 선생이 탄생한 고창은 '판소리' 중흥지이므로 胎生地의 歷史를 알리기 위해서 제2부는 〈高敞의 讚歌〉 10편을 붙여 전 56편의 시말을 모아 보았다.

조상들의 멋과 슬기가 담긴 자랑스런 문화유산인 이 '판소리'를 혹시 해치지나 않나 하고 마음 깊이 우려됨이 많았으나, 이 한 권의 《판소리》 시집이 이 땅의 민중들에게 다소나마 우리의 정서를 우리들에게 쉽게 읽혀 줄 수 있다면 하는 마음에서 자위하고 싶다.

오늘도 새벽 5시에 모양성길에 오른다. 성 입구 40m 전방에 동리 국악당이 있다. 나는 동리 국악당 앞에서 조용히 판소리에 대한 명상에 잠겨 보며 모양성에 입성하는 습관으로 하루 일과를 연다.

성내에 있는 동헌과 객사 옆에 있는 자연 생수를 마시고 천년 노송과 호흡하며 나 혼자만이 갖는 시간이므로 이 시간만이 이 촌부의 가슴에 매우 기쁜 시간의 나날이다.

어느덧 동녘에서 솟아오르는 찬란한 햇빛을 받으며 정겨운 발걸음을 재촉하고 있다.

김 정 웅

金正雄 略歷

○ 1938년 全北 高敞 出生, 雅號 : 直齋, 白夜
○ 高敞高等學校 卒業
○ 서울 극동방송 아카데미 修了
○ 東國大學校 大學院 卒業
○ 韓國文人協會 會員
○ 韓國自由詩人協會 理事
○ 月刊「文藝思潮」社 理事
○ 牟陽文學會 會長
○ 갈숲文學會 會長
○ 靑春誌「그리움」隨筆 當選(1963)
○ KBS에서 詩 공모 당선(1975)
○「東洋文學」신인상 詩 당선 (1988)
○「文藝思潮」신인상 당선(1989)
○ 文藝思潮 一週年 芙園文學賞 受賞
○ 高敞郡民의 章(문화 부문) 受賞
○ 1989년 國際文化財團 招請 美國一週
○ 1989년 東西文學交流 세미나 소련, 헝가리, 불가리아, 덴마크 일주
○ VICE PRESIDENT ; WORLD POETRY 世界詩硏究所 副會長,
　黃金王冠 世界詩人賞 受賞
○ 月刊 農民文學 主幹
○ 月刊 韓脈文學 副會長
○ 韓國文人協會 全北支會 副會長
○ 1991년 세계민족문학 심포지움(중국) 참가 일주
○ 中國詩硏究所 招請 심포지움, 1993년 華文詩歌 國際심포지움에
　韓國會員 18名 代表參席
○ 시집 :《안나의 강변》,《禪雲寺 바람 소리》,《판소리》
○ 수필집 :《백성을 하늘과 같이》,《올곧은 함성》
○ 공저 :《갈숲에 이는 바람》,《삶의 나루터에서》,《노령에 피는 햇살》

金正雄 詩集

판소리

■

인쇄·1993년 10월 20일
발행·1993년 10월 22일

■

지은이·김정웅
펴낸이·임종대
펴낸곳·미래문화사
등록번호·제 3-44호
등록일자·1976년 10월 19일

■

주소·서울시 용산구 청파동 3가 34번지
우편번호·140-133
전화·715-4507 / 713-6647
팩시밀리·713-4805

값 4,000원

* 저자와의 협의하에 인지는 생략합니다.

* 이 책은 전북 문예진흥기금 일부를 받았음.

* 주소 : 전북 고창군 고창읍 읍내리 192-67 直齋書室
  전화 : (0677)64-4248 / 64-6064